김동환의
다니엘 마음관리 365일
4·5·6월

고즈원은 좋은책을 읽는 독자를 섬깁니다.
당신을 닮은 좋은책 — 고즈원

김동환의 다니엘 마음관리 365일 4·5·6월

1판 1쇄 발행 | 2004. 11. 20.
2판 1쇄 발행 | 2005. 12. 1.
2판 8쇄 발행 | 2019. 6. 28.

저작권자 ⓒ 2005 김동환
이 책의 저작권자는 위와 같습니다. 저작권자의 동의 없이
내용의 일부를 인용하거나 발췌하는 것을 금합니다.
Copyright ⓒ 2005 by Kim Dong Hwan
All rights reserved including the rights of reproduction
in whole or in part in any form. Printed in KOREA.

발행처 | 고즈원
발행인 | 고세규
신고번호 | 제313-2004-00095호
신고일자 | 2004. 4. 21.
(121-896) 서울특별시 마포구 동교로13길 34(서교동 474-13)
전화 02)325-5676 팩시밀리 02)333-5980

값은 표지에 있습니다.
ISBN 978-89-91319-46-2
　　　 978-89-91319-49-3(전4권)

고즈원은 항상 책을 읽는 독자의 기쁨을 생각합니다.
고즈원은 좋은책이 독자에게 행복을 전한다고 믿습니다.

김동환의
다니엘 마음관리 365일
4·5·6월

김동환 지음

갓스윈
God'sWin

불가능한 길은 없습니다.

아직 포기할 때도 아닙니다.

우리에게는 꿈이 있습니다.

여러 일들로 때로는 절망하기도 했지만

새롭게 뜻을 정하여 다시 시작하려는

모든 후배들과 그들을 사랑으로 뒷바라지하시는

세상 모든 부모님들께 이 책을 바칩니다.

차례

1부

4월의 이야기

5월의 이야기

6월의 이야기

2부   33가지 상황별 마음관리법 (12-22)

여러분은 엄청난 가능성과 재능을 가지고 있고 앞으로 21세기를 개혁할 사람들입니다.
여러분의 미래는 쉽사리 누군가에 의해 단정될 수 없고 우습게 여겨질 수 없습니다.

1부

마음을 관리하는 자가 세상을 관리할 수 있습니다

4월의 이야기

진정한 리더는 하루 뜻을 정했다고 금방 되는 것이 아
닙니다. 긴 시간을 거쳐 조금씩 다듬고 또 다듬어서 만들
어지는 것입니다. 금세 무언가를 얻으려는 조급함은 버리
고 오늘 하루 충실함으로 임하세요. 여러분이 주역입니다.

어제의 승리를 기억하라

어제의 실패에 얽매이지 맙시다. 자신감도 떨어지고, 의욕도 잃기 쉽습니다. 대신 어제 이룬 성공을 생각합시다. 자신감이 생기고, 의욕이 불타게 됩니다. 성취만큼 동기를 부여해 주고, 자신감을 갖게 하는 것은 없습니다. 시련을 이겨 내고 성공을 하게 되면, 다른 일에 대해서도 자신감이 붙고 도전하고 싶은 욕망이 생기면서 막연한 기대감이 우러납니다. 자신 있게 살고, 동기를 부여받으려면, 학업에서 성적을 향상시키고 목표한 실력을 얻기 위해서 잘못했던 것보다 잘한 일에 대해 생각합시다.

이 같은 긍정적인 사고의 대표적인 일화로는 1989년도 슈퍼볼 결승전인 샌프란시스코 포티나이너스San Francisco 49ers와 신시내티 뱅걸스Cincinnati Bengals와의 경기를 들 수 있습니다.

경기 종료 채 2분도 남지 않은 상황에서 포티나이너스는 5점을 뒤지고 있었습니다. 경기를 역전시키기 위해 터치다운을 하려면 90야드를 더 가야 하는 막막한 상황이었습니다. 스크럼선 후방에 모여 있는 자기편 선수들을 보면서 최고의 선수로 자타가 인정하는 쿼터백 조 몬타나는 동료들에게, "별것 아니야. 1982년에도 이런 일이 있었잖아!"라고 소리쳤습니다. 그는 이런 절망적인 상황에서 무슨 말을 하고 있는 걸까요?

몬타나는 바로 1982년, 포티나이너스가 댈러스 카우보이스 Dallas Cowboys와 결승전을 벌일 당시의 유사한 상황을 동료 선수들에게 상기시키고 있었던 것입니다. 그때도 2분밖에 남지 않은 상황에서 몬타나는 상대편 진영 끝으로 달려가 2초를 남기고 회심의 터치다운을 해서 포티나이너스를 승리로 이끌었습니다.

몬타나는 선수들에게 과거에도 현재와 유사한 상황이었으며 결국 승리했다는 점을 상기시켰습니다. 동료 선수들도 과거의 승리를 떠올려 마음의 평정을 되찾았고, 자신감을 얻었습니다. 결국 경기 종료 직전 몬타나가 터치다운을 함으로써 뱅걸스를 격파하고, 포티나이너스는 슈퍼볼을 차지했습니다.

저는 성격이 소심하여 잘한 것보다는 잘못한 것에 더 많이 신경을 쓰는 편이었습니다. 그래서 잘한 일이 있어도 잘못한 일만 생각해 의기소침해지기 일쑤였습니다. 돌이켜 보면 참 어리석은 일입니다. 잘한 것을 기억하며 '나는 할 수 있다'는 긍정적 사고를 가져야 하는데 지나간 패배에 너무 연연했습니다.

청소년 시절엔 사소한 일로 우쭐해지기 쉽고 반대로 쉽게 절망에 빠지기도 합니다. 귀한 후배들은 과거에 잘했던 일을 좀더 많이 기억해서 자신감을 가질 필요가 있습니다. 오늘부터 4월이 시작됩니다. 이번 달은 잘한 일을 기록하는 승리의 노트를 한번 만들어 보십시오. 매일매일 꾸준히 적어 보세요. 가끔 우울해지거나 속상할 때, 승리의 노트를 보면서 자신감을 회복하세요. 아시죠? 여러분은 세상에서 가장 무궁무진한 가능성을 가진 십대라는 것을요.

| 4월 2일 |
당신이 미처 몰랐던 것들

여러분, 우리가 천재라고 하는 사람들은 처음부터 모든 사람들에게 인정받고 어떤 실패나 결점도 없었을까요? 당연히 아닙니다.

물리학의 천재, 알베르트 아인슈타인 박사는 네 살이 되어서야 겨우 말을 할 수 있었고, 일곱 살이 되어서야 비로소 글을 읽을 수 있었습니다. 그의 선생님은 그가 다른 아이들보다 정신적으로 성장이 느리고, 비사교적이기에, 현실에 적응하지 못하고 일생을 혼자만의 세계에서 헤맬 것이라고 이야기했습니다. 게다가 그는 취리히 종합기술전문학교에서 쫓겨나기도 했습니다.

또 세계적인 거부 중 한 명인 피터 제이 다니엘의 이야기도 있습니다. 그의 4학년 때 담임교사였던 필립스 부인은 그에게 이렇게 말했습니다.

"피터, 넌 행실이 아주 안 좋아. 정말 나쁜 애로구나. 이렇게 행실이 나쁘니 넌 아무것도 될 수 없어!"

게다가 피터는 스물여섯 살이 되어서야 겨우 읽고 쓸 줄 알게 되었습니다. 그런 그에게 어느 날 커다란 변화를 가져다 준 일이 있었습니다. 어떤 친구가 그와 함께 밤을 지새우며 나폴레온 힐Napoleon Hill이 쓴 『생각하라 그리고 부자가 되어라』라는 책을 읽어 주었던 겁니다. 그 책에 깊은 인상을 받은 피터는 그 후 자신이 불량배들과 싸움질을 일삼던 거리에서 제일 많은 상점을 소유하게 되었고 자서전도 펴냈습니다. 그 자서전의 제목은 바로 『필립스 선생님, 당신이 틀렸어요』이지요.

세계적인 악성 베토벤을 아시죠? 그 역시 처음부터 모든 사람의 인정을 받았던 것은 아닙니다. 베토벤의 바이올린 연주 솜씨는 아주 형편이 없었습니다. 왜냐하면 그는 기존의 곡을 연주하면서 바이올린 실력을 높이려고 애쓰기보다는 자신이 직접 곡을 써서 연주해 보는 걸 더 좋아했기 때문이지요. 그러나 기존의 곡을 잘 연주하는 것이 훌륭한 작곡가의 조건이라고 생각한 선생님은 베토벤에게 이렇게 말했습니다.

"너는 작곡가가 되기는 어렵겠구나."

그러나 그가 작곡한 것들은 세기가 바뀐 지금도 여전히 사랑받고 있지 않습니까?

역사적인 야구 선수, 베이브 루스의 이야기도 들어 봤을 겁니다. 많은 스포츠 관계자들과 역사가들은 그를 온 시대를 통틀어 가장 훌륭한 운동 선수라고 평가합니다. 그는 한 시즌에 가장 많은 홈런을 친 것으로 유명합니다. 그러나 이렇게 훌륭한 야구 천재가 한 시즌당 가장 많은 삼진 아웃의 기록도 함께 가지고 있다는 사실은 거의 모르고 있지요.

유명한 조각가 로댕은 어렸을 때 어땠는지 알고 계십니까? 로댕의 아버지는 그를 천치 취급했습니다. 왜냐하면 그는 입학시험에 두 번이나 낙방하고 세 번만에 가까스로 예술 학교 입학 시험에 붙었기 때문이지요. 이렇게 어렵게 입학했는데, 어떤 선생님은 그를 그 학교가 생긴 이래로 가장 형편없는 학생이라고 말했습니다. 가족인 삼촌까지도 그를 얼간이라고 불렀다지요.

100여 편의 할리우드 뮤지컬에 출연했던 배우, 프레드 어스테어는 춤 실력도 보통이 아니었지만 옷을 잘 입기로도 유명했습니다. 그는 과연 처음부터 스타감으로 지목을 받았을까요?

그가 1933년 MGM의 감독에게 카메라 테스트를 받았을 때입니다. 테스트를 마친 후 감독은 어스테어에 대한 의견을 메모지에 다음과 같이 적어 놨지요.

"연기가 전혀 안 됨. 약간 천박하기까지 함. 춤도 전혀 못 춤."

유명해진 뒤 그는 그 메모지를 입수해 액자에 넣어 비벌리 힐스에 있는 자신의 저택 벽난로 위에 걸어 두었습니다.

세계적인 명작 『전쟁과 평화』를 쓴 소설가 레오 톨스토이는 대학에서 낙제를 했습니다. 교수들은 그에 대해 다음과 같은 평가를 내렸습니다.

"그는 배울 능력도 없고 배우고자 하는 의지도 없습니다."

그저 놀랄 만한 일이지 않습니까? 여기 거명된 유명 인사들의 숨겨진 이야기처럼 사람의 장래는 어느 누구도 예측할 수 없는 것입니다. 어른들은 간혹 아직 앞날이 창창한 젊은이에게 불미스러운 꼬리표를 붙인다거나, 자신의 선입견으로 재단하곤 하지요. 그의 장래를 마치 다 알고 있다는 듯이 결론을 내립니다. 충분히 고려하지도 않고 섣불리 그에 대한 의견을 멋대로 적는 실수를 합니다. 그로 인해 수많은 어린 영혼이 상처받는 것을 잘 모릅니다. 혹시 여러분 중에서 이런 상처를 받으신 분들이 있다면 더 이상 그 상처에 마음 쓰지 마십시오.

제가 자신 있게 말씀드립니다. 여러분은 엄청난 가능성과 재능을 가지고 있고 앞으로 21세기를 개혁할 사람들입니다. 여러분의 미래는 쉽사리 누군가에 의해 단정될 수 없고 우습게 여겨질 수 없습니다.

힘내십시오. 자신을 가지세요.

교만과 겸손

교만하면 패망하고 거만하면 넘어진다. 겸손한 마음으로 가난한 자와 함께 있는 것이 교만한 자와 함께 약탈한 재물을 나누는 것 보다 낫다.

「잠언」 16 : 18~19

세상에서 가장 빨리 왕따당하고 실패하고 망하는 방법이 있습니다. 바로 '삼만이 브라더스'를 친구로 사귀는 것입니다. 삼만이 브라더스를 아세요? 자만, 거만, 교만 삼 형제랍니다. 이 셋 중 하나만 친구가 되어도 그는 바로 망하는 최고의 지름길을 선택한 것입니다.

그럼에도 우리 주변에는 삼 형제와 친구가 되어 목에 굉장히 힘을 주는 사람들이 있습니다. 조금만 남보다 앞서는 것이 있다고 생각되면 곧 어깨에 힘이 들어갑니다. 삼만이 브라더스는 호시탐탐 나와 친구가 되고자 기회를 엿봅니다. 여러분은 현재 어떤가요? 이미 삼만이 브라더스와 친구입니까? 아니면 자기 연민 콤플렉스에 빠져 '나는 안 돼, 나는 역시 늦었어' 하며 자포자기하고 있나요?

나는 여러분이 겸손함을 갖춘 진정한 리더로 성장하기를 간절히 바랍니다. 만약 길이나 학교에서 혹은 집에서 삼만이 브라더스가 친구 하자는 소리가 들린다면 잠시 귀를 막아 주세요. 그리고 깊이 명상을 하면서 마음관리를 하기 바랍니다.

|4월 4일|
주변 사람들의 눈치 극복하기

주변 사람들의 눈치 때문에 몹시 신경이 쓰일 때가 있습니다. 다른 이들이 모두 '예'라고 하는데, 혼자서 '아니요'라고 말할 수 있으려면 용기가 필요합니다. 주변 사람들의 눈치를 극복하는 것은 쉽지 않습니다. 하지만 아닌 것을 아닌 줄 알면서 그냥 따라가면 결국 돌이킬 수 없는 상황에 이르게 된다는 것을 알아야 합니다.

미국의 고등학교에서 일하는 한 상담 교사가 다음과 같은 이야기를 했습니다.

"수업이 시작되기 전에 한 신입생이 눈물을 줄줄 흘리면서 제 방으로 들어오더군요. 그 아이는 울먹거리며, '애들이 저만 싫어해요!' 라고 말했습니다. 전날, 친구들이 수업을 빼먹고 시카고로 놀러 가자고 했을 때 혼자만 가지 못했다고 합니다. 오늘 등교해서 그 친구들에게 다가가 말을 걸자, '꺼져 버려' 라고 했다더군요. 그 아이도 처음에는 친구들이 놀러 가자고 했을 때 따라가고 싶었지만, 학교에 가지 않은 것을 엄마가 아시면 실망할 것 같아서 가지 않았다고 했습니다.

엄마가 자기를 위해 너무 많이 희생하고 있다는 걸 알기 때문에 엄마를 실망시킬 수는 없는 일이었죠. 아이는 생각 끝에, '안 돼' 라고 말했고 친구들은 자기들끼리 가 버렸습니다. 그 아이는 아무 일도 없을 줄 알았는데, 일이 그렇지가 않았어요. 다음 날 그 친구들이 이제 그와 놀지 않을 테니 다른 친구들을 찾아보라고 했던 것입니다.

그 아이는 눈물을 흘리고는 있었지만 자기의 행동이 잘못된 것이라고 생각하지 않았습니다. 단지 외로웠던 모양입니다. 친구들이 자기를 받아 주지 않으니까요. 그녀는 결국 자신이 옳았다는 확신을 가지고, 스스로를 존중하기로 했습니다. 그래서 마음도 안정되었고요.

인생에서 소중한 경험을 한 것이죠. 자기 자신을 위해 용감해지는 것 말입니다.

어떤 때는 주변 사람들의 눈치가 너무 심해, 어디론가 도망쳐 버리고 싶어질 때도 있습니다. 불량 서클에 가입해 있거나 구속력이 강한 친구들 사이에서 특히 그렇습니다. 헤더의 경우, 거기서 뛰쳐나온 것은 최선의 선택이었습니다.

헤더는 자신에게 떳떳하게 살기 위해 지금 사귀고 있는 친구들과 그만 만나야 한다는 것을 오래전부터 알고 있었습니다. 그러나 헤어지는 방법을 몰랐지요. 친구들은 그가 자기네들처럼 외박도 하고, 술도 마시기를 바랐습니다. 머지않아 학교 선생님들이 그를 두고 문제아라고 부르겠지만, 그 때문에 오래 사귄 친구들과 멀어지고 싶지는 않았습니다. 헤더는 상담 교사에게 얘기했습니다.

'그 친구들과 함께 했던 즐거운 일들이 자꾸만 떠올라서 쉽게 헤어질 수가 없어요. 그러나 여전히 그 친구들과 밤에 어울려서 나쁜 짓을 하면서도, 해서는 안 되는 일을 하고 있다는 죄의식이 들었습니다.'

그녀는 고민 끝에 주변 환경을 바꾸기로 결심했습니다. 이모가 있는 곳으로 이사 가서 거기서 새 출발을 하고, 좋은 친구들도 사귀고 싶다고 어머니께 말했더니 어머니도 동의했습니다. 그래서 지금은 이모네 집에서 살고 있지요. 그녀는 상담 교사에게 편지를 보내왔습니다."

'지금은 새로 사귄 친구들에게 제 느낌을 솔직하게 표현하는 것 같습니다. 다른 사람 시선에 신경 쓰지 않아요. 다른 사람이 저를 싫어하는 건 아무렇지도 않아요. 저는 저니까요. 그들 눈에 맞추어서 살지는 않을 거예요. 앞으로는 제가 생각하는 대로 행동할 겁니다.'

주변 사람들의 눈치를 극복하기 위해서는, 그들 눈에 비친 나의 모습이 아니라 나 자신의 마음에 더 신경을 쓰도록 애써야 합니다.

포티아 넬슨Portia Nelson의 다음 시처럼 말입니다.

언제나
다른 사람들 틈에서 벗어나
나 자신 안에 있으려 한다.
나 자신에서 벗어나
다른 사람들 안에 있는 것이 아니라.

주변 사람들의 눈치를 극복하는 것이 왜 어려운 일일까요? 바로 소속감을 느끼고 싶어 하기 때문입니다. 그래서 십대들은 거창한 신입 회원 환영식을 벌이기도 하고, 불량 서클에 들어가서 환각제나 폭력에 물들기도 합니다. 그러나 한 번만 정신을 차리면 이런 것들에서 헤어 나올 수 있습니다.

새 학기가 시작된 지 이제 한 달이 지나갑니다. 친구들과 어울리기 위해서 '이건 아닌데' 하면서도 그냥 동조하고 있는 건 아닌가요? 나를 소중히 생각하는 사람만이 진정한 친구를 가질 수 있습니다. 여러분 한 사람 한 사람은 이 세상 무엇과도 바꿀 수 없는 존귀함이 있다는 것을 꼭 기억하십시오.

참사랑

독일의 유명한 작곡가 멘델스존Felix Mendelssohn의 할아버지 모제스 멘델스존Moses Mendelssohn은 곱사등이었습니다. 어느 날 그는 함부르크에 살고 있는 한 상인을 방문했지요. 그 상인은 푸름트예라는 이름의 아름다운 딸과 함께 살고 있었습니다. 모제스는 첫눈에 그녀를 사랑하게 되었지만, 자신의 흉한 모습 때문에 그녀에게 감히 접근하지 못했습니다.

그 집을 떠나기로 한 날, 모제스는 용기를 내어 말 한마디라도 해 보려고 그녀의 방으로 올라갔지요. 아름다움 그 자체로 보이는 그녀 앞에 서자 할 말을 잃고 우물쭈물하다가 마침내 모제스는 수줍게 말했습니다.

"당신은 결혼이란 하늘에서 맺어 주는 것이라고 믿나요?"

"예, 전 그렇게 믿어요. 당신은요?"

푸름트예가 시선을 바닥에 떨구며 말했습니다.

"저도 마찬가집니다. 아시다시피, 하늘에서는 사내아이가 태어날 때마다, 하나님께서 그 아이와 어느 여자아이가 결혼하게 될 것인지 말씀해 주신답니다. 저 또한 나의 신부가 될 여자를 지정받았지요. 그런데 하나님께서는 제 신부는 곱사등이가 될 것이라고 말씀하셨습니다. 그래서 나는 그 자리에서 큰 소리로 간청했지요. '주님, 제가 대신 곱사등이가 되겠습니다. 대신 나의 신부는 아름다운 여자가 되게 해 주십시오' 라고 말입니다."

말을 마친 모세스는 그녀의 대답을 기다렸습니다. 그녀는 모세스의 이야기를 듣고 깊은 감상에 빠진 듯 보였습니다. 그녀는 마침내 그의 손을 붙잡았고, 훗날 그와 결혼하여 헌신적인 아내가 되었지요.

성경 안에도 사랑 이야기에 관한 아름다운 구절이 있습니다.

"사랑은 모든 것을 덮어 주며, 모든 것을 믿으며, 모든 것을 바라며, 모든 것을 견딥니다."

사랑이란 아주 특별한 선물입니다. 보상을 바라며 주는 것이 아니지요. 명심하십시오. 사랑이란 말뿐이 아니라 행동으로 하는 것입니다.

중간고사 준비로 많이 힘들죠? 중간고사 준비로 열심인 후배들에게 저의 뜨거운 사랑을 보내 드립니다. 모두 힘내세요.

부정적인 사고에서 벗어나라

마음이 비뚤어진 자는 좋은 것을 기대할 수 없고 함부로 혀를 놀리는 자는 언제나 어려운 일을 당하게 된다.

「잠언」17 : 20

희망 공부방에서 봉사한 지도 10년이 넘어갑니다. 그동안 참 많은 학생들을 만났습니다. 아주 가난하고 주변 환경이 열악한 친구들이 대부분이었습니다. 참 이상한 것은 어떤 학생은 자신의 환경을 비관하며 매일매일 불평과 불만으로 살아가는 학생이 있는가 하면 어떤 학생은 그런 환경 속에서도 꿋꿋하게 긍정적으로 살아간다는 것입니다.

대부분의 사람들은 환경의 지배를 받습니다. 내면이 건강한 사람들은 환경의 지배를 뛰어넘어 힘든 환경마저 포용합니다. 그러나 힘든 환경은 마음을 삐뚤어지게 하기 쉽습니다. 그러면 그에게 좋은 것을 기대하기가 어렵습니다. 불평, 불만, 짜증, 자기 연민, 자기 학대 이런 것들이 더 많이 나올 겁니다. 이런 상태는 더욱더 악순환으로 치닫게 됩니다. 최악의 경우에 본인의 귀한 가능성을 송두리째 포기하는 일로 이어지게 됩니다.

제가 사랑하는 공부방의 한 학생은 장애인입니다. 아주 심한 장애를 가지고 있습니다. 그런데 저는 그 친구의 모습에서 항상 미소를 봅니다. 그는 몸도 많이 아프고 힘들 터인데, 오히려 선생님인 저를 격려해 줍니다. 저는 그 학생과 조금만 이야기를 해도 마음이 밝아지고 힘이 납니다. 그를 보면서 '그래, 더 힘내야지' 라고 생각합니다.

저 역시 10년간 여러 병들로 고생하고 때로는 견디기 힘들었지만, 저보다 힘든 사람들을 생각하면 '그래도 나는 이만하니 참 감사하다' 라는 생각이 듭니다. 그래서 할 수 있는 만큼 주변을 돌아보게 되는 것 같습니다.

혹시 여러분의 마음의 정원에서 쓴 뿌리가 자라 나쁜 열매를 맺으려고 하나요? 오늘 당장 삽을 드세요. 그리고 그것을 과감하게 뿌리째 뽑아내십시오. 공부 한 시간 덜 해도 좋습니다. 마음관리를 먼저 하고 그 다음 공부를 하십시오. 그것이 더 효과적인 공부 방법입니다.

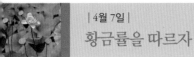

황금률을 따르자

어떤 학생의 편지에 이런 글이 있었다고 합니다.

저는 학교에서 학생회 부회장을 맡고 있는데, 어느 날 학생회실에 있는 작은 상자에 쪽지를 넣으면서 작은 친절을 실천하기로 마음먹었습니다. 쪽지에는 학생회 임원들 각각에게 감사하다는 글을 썼는데, 다 쓰는 데 5분밖에 걸리지 않았습니다.

다음 날, 편지를 받은 아이들 중 한 명이 다가와서 쪽지 잘 받았다며 제 등을 토닥여 주었습니다. 그러고는 사탕과 함께 편지를 한 장 주었습니다. 편지에는 '어제 하루 종일 일이 잘 안 풀려서 기분이 별로였는데, 제 편지를 받고 나서 우울했던 기분이 싹 사라져 남은 시간을 즐겁게 보낼 수 있었다'고 쓰여 있었습니다. 신기한 것은 쪽지를 보내기 전까지 우리는 잘 모르는 사이였다는 것입니다. 제 쪽지가 그녀에게 그렇게 큰 영향을 미쳤다는 사실이 믿어지지 않습니다.

다른 사람이 나에게 해 주었으면 하고 바라는 대로 다른 사람을 대하라고 예수님은 말씀하십니다. '남이 무엇을 해 줄 것인가 생각하지 말고, 내가 남에게 무엇을 해 줄 수 있는지 생각하라' 라고 말합니다. 황금률이라고 불리는 이 귀한 말씀은 진정한 리더가 되기 위해 반드시 명심해야 할 내용입니다.

여러분이 힘들고 괴로웠을 때 누군가에게 따뜻한 위로와 격려를 받고 싶었을 것입니다. 그러나 그 누구도 해 주지 않았던 적도 있을 것입니다. 그럴 때는 내 주변에 있는 친구들에게 먼저 해 보십시오. 여러분이 받고 싶은 격려와 사랑을 그대로 표현해 주십시오. 그러면 여러분의 생활이 즐겁게 바뀔 것입니다.

새 학기가 시작돼서 이제 새로운 친구들을 사귀기 시작하는 때입니다. 이런 친구를 사귀고 싶다는 바람이 있으신지요? 그러면 먼저 여러분이 그런 친구가 되도록 하십시오.

황금률을 잊지 마십시오. 이것을 마음속에 간직해서 진정한 리더로 성공한 사람들이 많답니다. 오늘부터 시작해 보세요.

| 4월 8일 |
무언가를 정말 잘할 수 있는 방법

아는 것은 좋아하는 것만 못하고, 좋아하는 것은 즐거워하는 것만
못하다.

공자孔子

　'공부를 잘하고 싶은데 난 왜 이 모양일까? 공부 때문에
이제 그만 시달리고 싶다. 나도 이젠 달라지고 싶다.'

　이런 생각, 학생이라면 누구나 하게 됩니다. 저 역시 그렇습
니다. 그렇다면 왜 공부하기가 싫어질까요? 공부는 잘하고 싶
은데 공부하는 것은 왜 싫을까요? 이 문제에 대한 명쾌한 해
답을 찾지 못하면 우리는 위의 생각만 반복하게 됩니다. 공부
가 싫어지는 이유는 공부에 별다른 재미를 느끼지 못하기 때
문입니다. 공부를 강제성을 지닌 것으로만 생각하기에 공부
자체가 주는 즐거움과 재미를 느끼지 못하게 됩니다.

　많은 학생들이 수학 공부를 무척 두려워합니다. 너무 어렵
다고 합니다. 무작정 어렵다고 여기기 전에 왜 어렵다고 생각
하는지 살펴보아야 합니다. 어려운 이유가 분명 있을 것입니
다. 가령 기초가 부족해서 다음 단계로 넘어가기 어려울 때가

있습니다. 그런 상태로는 공부를 해도 계속 막히기 때문에 힘만 들고 문제가 풀리는 재미와 즐거움을 얻기 힘듭니다.

그렇다면 이런 상태를 어떻게 극복할 수 있을까요? 내가 약한 부분에 해당하는 기초들을 시간이 걸리더라도 차근차근 다시 공부해 보는 것 외에는 다른 방법이 없습니다. 필요하다면 일 년 혹은 이 년 전의 내용도 다시 볼 수 있는 용기가 필요합니다. 근본적인 문제가 해결되지 않고서는 악순환은 계속 될 수밖에 없습니다.

내가 부족한 기초들을 조금씩 보완해 가면 어렵고 도무지 이해가 되지 않던 문제들이 풀리기 시작합니다. 그러면 나도 모르는 사이에 문제를 푸는 재미와 즐거움이 생기기 시작합니다. 그러면 어느새 수학을 좋아하게 됩니다. 그런 과정이 반복되면 수학 문제 푸는 일을 즐길 수 있을 것입니다.

제가 아는 분은 머리가 복잡하고 공부가 안 되면 수학을 한두 문제 푼다고 합니다. 차근차근 문제를 풀다 보면 마음도 안정되고 집중력도 회복된다고 하네요. 즐거워하는 일을 하기 때문입니다.

중간고사를 준비하는 여러분, 과정을 참는 일이 힘들 거예요. 하지만 여러분이 공부하는 재미를 알아 가고 좋아하게만 된다면 점차 할 만해질 겁니다. 조금만 더 힘내세요. 공부와 친해지도록 오늘부터 뜻을 정해 더욱 분발하시기를 부탁드립니다.

진정한 리더는 내가 오늘 하루 뜻을 정했다고 해서 금방 되는 것이 아닙니다. 긴 시간을 거쳐 자신을 조금씩 다듬고 또 다듬어서 비로소 준비된 사람입니다. 청소년 시절부터 준비한 사람만이 21세기 사회를 변화시킬 수 있는 충분한 자격을 갖출 수 있습니다. 바로 여러분이 그 주역입니다. 금세 무언가를 얻으려는 조급함을 버리고, 오늘 하루에 충실하십시오.

요즘 중간고사 준비하느라 무척 힘들죠? 이 과정을 이겨 내야 합니다. 충분한 실력을 기르기 위해서는 참아야 합니다. 힘들어도 모두들 다시 한 번 힘내세요. 오늘도 파이팅입니다.

| 4월 9일 |

웃으세요

웃음은,
소비되는 것은 별로 없으나 즐거움을 주는 것은 많으며
주는 사람에게는 해롭지 않으나 받는 사람에게는 넘치고
짧은 인생으로부터 생겨나서 그 기억은 길이 남으며
웃음이 없이 참으로 부자가 된 사람도 없고
웃음을 가지고 정말 가난한 사람도 없고

웃음은

가정에 행복을 더하며

사업에 활력을 불어넣어 주며

친구사이를 더욱 가깝게 하고

피곤한 자에게 휴식이 되며

실망한 자에게는 소망이 되고

우는 자에게 위로가 되고

인간의 모든 독을 제거하는 해독제이다.

그런데 웃음은 살 수도 없고, 버릴 수도 없고,

훔칠 수도 없는 것이다.

밝은 밝은 표정과 웃음은 상대에게도 기쁨을 주며, 나 자신에게도 큰 힘이 됩니다. 마음이 무겁고 힘들 때는 몸이 경직되고 얼굴 표정도 딱딱하게 굳어서 도무지 웃음이라고는 나오지 않습니다. 그런데 그렇다고 해서 늘 어두운 얼굴을 하고 지내다 보면 그게 습관이 되어 나중에는 웃음 자체를 잃어버리게 됩니다.

힘들 때일수록 얼굴에 미소 짓는 연습을 해보면 어떨까요? 오늘부터는 늘 얼굴에 밝은 웃음을 달고 다녀보는 것이지요. 웃음이 바로 내 친구인양 늘 데리고 다니는 겁니다. 앞의 글은 《웃음의 힘》이란 책에서 본 데일 카네기의 '웃음예찬'이란 글이에요. 웃음이 얼마나 멋진 친구인지 알게 해주는 좋은 글이라 생각해서 후배들에게 이렇게 전해줍니다.

그리고 재미있는 이야기가 있으면 늘 잊지 말고 한두 편씩 기억해 두었다가, 부모님과 친구들에게 들려주도록 하세요. 웃음의 전도사가 되어 보는 것이지요. 아마 후배의 인기도 덩달아 쑥쑥 올라갈 거예요. 물론 자주 웃다보면 그 웃음의 양만큼 실력도 쑥쑥 올라갈 것입니다. 웃음은 기억력을 좋게 하고 마음을 밝게 해서 공부 효과를 높여주는 힘을 가지고 있기 때문입니다.

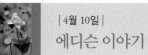

에디슨 이야기

　1914년 12월 9일 밤, 서부 오렌지 주에 있던 위대한 에디슨 기업체는 화재 때문에 완전히 잿더미로 변하고 말았습니다. 그날 밤 토머스 에디슨은 200만 달러를 잃었으며, 그의 일생을 두고 건설한 업적들이 화염 속으로 사라지고 말았지요. 그 당시 화재에도 걱정 없다고 여겨졌던 콘크리트 건물만 믿고, 에디슨은 단지 23만8,000 달러짜리 보험에만 가입했었습니다. 아들 찰스는 이렇게 이야기합니다.

　"당신의 나이 67세…. 다시 시작하기에는 너무 늙으신 아버지를 생각하니 가슴이 아팠습니다. 하지만 애타하는 나를 보시던 아버지는 도리어 이렇게 말씀하셨죠. 찰스, 어머니 어디 계시니? 어머니를 모시고 오너라. 살면서 이런 일들을 언제 또 보겠니?"

　다음 날 아침, 에디슨은 자신의 꿈과 희망이 이제는 한낱 숯 덩어리로 변해 버린 그 폐허를 이리저리 걸어 다니며 말했습니다.

　"이 재난 속에는 위대하고 가치 있는 것들이 있단다. 바로 우리의 실수들도 모두 함께 타 버린 거지. 난 우리에게 또다시 새로운 출발을 하게 해 주신 하나님께 감사드린단다."

그 화재가 있은 지 3주일 뒤, 에디슨의 회사는 다시 첫 번째 축음기를 배달했습니다.

자, 이것은 누구에게나 닥칠 수 있는 재앙과 역경을 극복해 내는 법을 알고 있었던 사람의 이야기입니다. 평생을 살면서 돈을 잃는다는 것은 그에게 그리 중요한 의미가 되지 못했습니다. 그에게는 다시 일어설 수 있다는 자신감이 있었고, 그것이 그 어떤 것보다도 중요한 것임을 알고 있었기 때문이지요.

우리가 살다 보면 나의 삶의 터전이 무너지고, 생활 속에 구축해 두었던 모든 관계들이 흐트러지고, 성적은 곤두박질치고, 친구들도 떠나가 버리는 경우가 생깁니다. 하지만 그러한 일들을 새롭게 다시 추스를 수 있는 기회는 언제든지 오는 것입니다. 용기를 냅시다! 오늘부터라도 다시 시작할 수 있습니다. 중요한 것은 다시 시작하겠다고 뜻을 정하는 것입니다. 뜻을 정하십시오. 뜻을 정하면 새로운 인생이 다시 시작됩니다.

이제 곧 중간고사가 있습니다. 설령 그동안 준비하지 못했다 하더라도 지금부터 남은 기간 정직하게 최선을 다해 준비하시기를 부탁드립니다. 에디슨의 역경을 생각하면 우리도 다시 시작할 수 있습니다. 여러분은 십대입니다. 꿈의 기간입니다. 걱정할 시간이 있으면 그 시간에 다시 도전해 보십시오. 오늘 하루도 모두들 힘내세요.

|4월 11일 |
쥐잡기

항공기 산업의 초창기 시절, 모든 것은 새로웠고 조잡했으며 비행 기술은 걸음마 수준이었습니다. 지금과 같은 정교하고 기술적인 항공 기술들은 그 당시에는 전혀 생소한 것들이었지요. 이러한 배경을 염두에 두고 이야기를 들어 보시기 바랍니다.

한 용감한 조종사가 뼈대는 나무이고, 그 뼈대를 감싸는 몸체는 천이었던 참으로 부서지기 쉬운 조잡한 비행기를 타고 세상의 여러 곳을 비행하고 있었습니다. 이륙 뒤, 약 두 시간 정도 비행하고 있는데 이상한 소리가 비행기 안에서 났지요.

이상한 소리가 나는 곳을 찾아서 주위를 둘러보던 조종사는 그만 화들짝 놀라고 말았습니다. 그것은 다름 아닌 쥐가 비행기 안의 무엇인가를 갉아먹는 소리였기 때문이었지요. 비행기가 땅에 착륙해 있는 동안 쥐가 비행기 안으로 들어왔을 것이라 생각되었습니다. 비행기 안의 쥐는 중요한 케이블이나, 조종선, 심지어는 중요한 목재 버팀목 따위를 쉽사리 갉아먹을 수 있기 때문에 아주 위험했습니다.

어떻게 해야 하나? 다음 착륙지까지는 두 시간이나 더 남았는데, 무척 걱정스러운 일이 아닐 수 없었습니다. 계속 비행을 하면서 해결책을 고민하던 조종사에게 한 가지 묘책이 떠올랐습니다. 그것은 바로 쥐가 설치류라는 점이지요. 설치류는 보통 지상이나 땅속에서 살기 때문에 높은 고도에서는 살 수가 없습니다.

그래서 조종사는 비행기를 고도 2만 피트 이상으로 끌어올렸습니다. 그러자 곧 그 소리가 사라졌지요. 바로 그 고도의 대기에서는 쥐가 살아남을 수 없었던 것입니다! 두 시간 뒤, 조종사는 안전하게 다음 착륙지에 도달해서 죽은 쥐를 찾아냈습니다.

쥐와 같이 우리의 영혼을 갉아먹는 파괴자들이 있습니다. 걱정·두려움·부정직 뒤에서 들려오는 온갖 험담·분노·거짓말 등 이외에도 아주 많은 파괴자들이 있습니다.

어떻게 하면 우리 안에 있는 이런 쥐 같은 존재를 없애 버릴 수 있을까요? 바로 마음관리 시간을 갖는 것입니다. 마음관리 시간이 바로 고도를 높이 올리는 시간입니다. 지금 현재 여러분의 마음속에는 어떤 쥐들이 영혼을 괴롭히고 있나요? 학교 성적, 이성 문제, 집안 형편 등 마음관리 시간을 통해 극복하십시오. 분명 이 시간을 통해 새로운 평안과 기쁨을 얻게 될 것입니다.

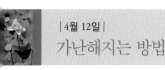

가난해지는 방법

신중한 계획으로 성실하게 일하면 부유하게 되고 조급하게 굴면 가난하게 된다.

「잠언」 21 : 5

저는 무척 소심한 성격입니다. 오랫동안 몸이 아파 신경도 무척 예민한 편입니다. 그런 탓인지 어떤 일이 눈앞에 벌어지면 순간 마음이 흔들립니다. 그러곤 가급적 빨리 그 상황에서 벗어나거나 그 일을 해결하려고 조급해지는 경우가 많았습니다. 그러나 결과는 오히려 일을 그르치거나 상황을 더욱더 악화시킬 때가 많았습니다. 그런 일을 많이 겪으면서 저는 조금씩 깨닫기 시작했습니다. 어차피 조급하게 일을 하려 할수록 더 나빠질 거 좀 늦더라도 차근차근 상황을 파악하고 주변 사람에게 조언도 구해 가면서 신중하게 일을 처리해 보자라고 생각하게 되었습니다. 저에게 있어서는 엄청난 생각의 변화였습니다. 조금씩 생각을 바꾸게 되면서 마음속에 여유로움도 점점 쌓이는 것을 느꼈습니다. 문제 해결도 서두르지 않는 것이 더욱 잘되는 것을 알았습니다.

이 책을 보는 인생의 후배들 중에는 저처럼 소심하고 예민한 친구들도 있을 것입니다. 어쩌면 저와 같은 조급함으로 인해 시행착오도 많이 겪었을 것입니다. 오늘부터라도 저처럼 생각의 전환을 해 보면 어떨까요? 물론 금방 전환하는 것이 어렵겠지만 조금씩 하다 보면 분명 변화하는 여러분의 모습을 발견하게 될 겁니다. 다시 한 번 뜻을 정해 시작해 보세요. 아직 늦지 않았습니다. 조급함에서의 탈출! 오늘부터 이미 시작되었습니다.

사랑의 상처

한 소년이 할머니와 함께 살고 있었습니다.

어느 날, 그 소년의 오두막에 불이 났고 할머니는 이층에서 자고 있던 손자를 구하려다가 그만 죽고 말았지요. 불타는 오두막 주위에 사람들이 몰려나와서 소년의 살려 달라는 비명 소리를 듣고 발을 동동 굴렀지만 집 앞쪽의 불길이 워낙 거센지라 어느 누구도 선뜻 손을 쓸 수가 없었습니다.

그때였습니다. 한 낯선 사람이 사람들 사이에서 뛰쳐나와서는 오두막 뒤쪽으로 달려갔습니다. 그는 오두막 뒤쪽에 쇠파이프가 이층까지 연결된 것을 보고서, 쇠파이프를 타고 이층까지 올라갔습니다. 사람들은 여전히 밖에서 발만 동동 구르고 있었습니다. 조금 지나자 불타는 오두막에서 그는 아이를 팔에 안고 나타나 아이를 자신의 목에 매달리게 하고는 쇠파이프를 타고 내려왔지요.

몇 주 뒤에 고아가 된 그 소년을 누가 돌볼 것인가를 주제로 마을회관에서 공청회가 열렸습니다. 그 아이를 원하는 사람들은 누구나 한마디씩 할 수 있었지요.

"우리 집은 큰 농장을 하기 때문에 일손이 필요합니다." 첫 번째 사람이 말했습니다.

두 번째 사람은 자기 부부가 아이를 얼마나 잘 돌봐 줄 수 있는가를 말했지요. "나는 선생입니다. 우리 집에는 커다란 서재가 있어요. 이 아이는 좋은 교육을 받을 수 있을 겁니다."

여러 사람들이 이야기를 했고 마지막으로 그 마을에서 가장 부자인 사람이 말했습니다. "나는 부잡니다. 여러분이 앞에서 말씀하신 모든 것을 난 이 아이에게 해 줄 수 있습니다. 게다가 난 돈도 줄 수 있고 여행도 시켜 줄 수 있습니다. 내가 이 아이를 데려가겠습니다."

판사가 "더 할 말이 있으신 분 없으십니까?"라고 물었지요.

그때 아무도 모르게 청문회장으로 들어왔던 한 사람이 뒷좌석에서 일어났습니다. 그러고는 앞쪽으로 걸어 나왔습니다. 고통스러운 얼굴을 하고 있던 이 사람은 곧장 그 소년의 앞으로 걸어 나와서는 양 호주머니에 넣었던 두 손을 꺼내 보였습니다. 곧이어 탄성이 여기저기서 터져 나왔지요. 바로 그의 두 손에는 심한 화상 자국이 있었던 것입니다.

자리에 잠자코 앉아 있던 그 소년은 갑자기 그 상처를 알아챘다는 듯이 소리를 질렀습니다. 그렇습니다. 그 사람은 바로 뜨거운 쇠파이프를 마다 않고 자신을 구해 준 바로 그 장본인이었던 거지요. 소년은 기뻐서 펄쩍 뛰며 자기 생명의 은인인 그 사람에게 매달려서는 떨어지지 않았습니다.

이제 농부도 떠났고, 선생도, 부자도 떠났습니다. 오직 소년과 그 낯선 사람만이 판사 앞에 서 있었지요. 그 상처가 있는 낯선 이는 아이를 얻기 위하여 단 한마디의 말도 할 필요가 없었습니다.

우리에게는 이런 분들이 계십니다. 바로 부모님이십니다. 가끔 부모님이 우리에게 잔소리도 많이 하시고 혼도 내시지만 불이 날 때 목숨 걸고 나를 구해 줄 수 있는 분은 이 세상에 부모님밖에는 없답니다.

중간고사 준비로 신경이 날카로워져서 행여나 부모님께 짜증을 내지는 않았는지요. 시험을 잘 보는 것과 부모님께 짜증 내어 그분들의 마음을 아프게 하는 것과는 비교할 수 없답니다. 오늘 하루는 특별히 부모님께 감사의 쪽지를 드릴 것을 권해 드립니다.

차근차근

선비가 세상에 나서 벼슬을 하든 집에 있든, 때를 만나든 때를 만나지 못하든, 가장 중요한 것은 자신의 몸을 깨끗이 하고 올바름을 행하는 것이지, 화禍와 복福을 따질 것은 아니다. 그러나 내가 일찍부터 괴이하게 생각한 것은, 우리 나라 선비로서 조금 뜻이 있고 도의를 사모한 사람은 대개 화를 당했다는 사실이다. 이는 비록 땅이 좁고 인심이 박한 데 까닭이 있는 것이기는 하지만, 또한 스스로의 행실에 부족함이 있어서 그럴 것이다. 부족하다는 건 다른 게 아니다. 학문이 아직 지극하지도 못하면서 너무 높이 자처했으며, 때를 헤아리지 못하고서 용감하게 세상을 경륜하고자 한 것을 말하니, 이것이 실패를 초래한 것이다. 그러니 큰 이름을 지니고 큰일을 맡은 자는 이 점을 절실히 경계해야 한다.

이황李滉

21세기 진정한 리더를 꿈꾸는 귀한 후배들, 준비되지 않으면 아무리 큰 꿈과 희망을 가진 사람일지라도 제대로 자신의 꿈을 펼칠 수 없습니다. 대충 준비된 사람이라면 처음에는 곧잘 하다가 곧 큰일이 주는 중압감과 무게를 견디지 못해 중도에 포기하게 될 것입니다.

힘들더라도 차근차근 제대로 준비한 사람만이 세상을 변화시킬 수 있는 사람입니다.

아무리 사회가 급하고 빠르게 움직이는 것처럼 보일 지라도 그 실체를 가만히 바라보면 금세 알게 됩니다. 분주할 뿐입니다. 분주함과 부지런함은 다릅니다. 부지런함은 분명한 목표와 꿈을 향해 매일 꾸준히 인내하며 한 걸음씩 나아가는 것을 의미합니다. 분주함은 갈 바를 알지 못한 채 이리저리 빠르게 움직일 뿐입니다.

진정한 리더는 내가 오늘 하루 뜻을 정했다고 해서 금방 되는 것이 아닙니다. 긴 시간을 거쳐 조금씩 다듬고 또 다듬어서 준비되는 것입니다. 청소년 시절부터 준비한 사람만이 21세기 사회를 변화시킬 수 있는 충분한 실력을 갖출 수 있습니다. 바로 여러분이 그 주역입니다. 금세 무언가를 얻으려는 조급함을 버리고 오늘 하루에 충실하십시오.

중간고사 준비하느라 무척 힘드시죠. 이 과정을 이겨 내셔야 합니다. 충분한 실력을 기르기 위해서는 참아야 합니다. 힘들어도 모두들 다시 한 번 힘내세요. 오늘도 파이팅입니다.

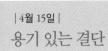

용기 있는 결단

다투기 좋아하는 여자와 한집에 사는 것보다 차라리 옥상 한 구석
에서 혼자 사는 것이 더 낫다.

「잠언」 21 : 9

이성 친구와 자꾸 싸우다 보면 책상에 앉아도 집중하기가
쉽지 않습니다. 계속 머릿속에서 그 문제가 떠나지 않고 마음
을 괴롭히게 됩니다. 답답한 마음에 다시 전화를 걸면 상황이
좋아지기는커녕 더욱 상황이 나빠지는 것을 경험했을 겁니다.
청소년 시절은 질풍노도의 시기입니다. 내면세계의 질서가
한 순간에 우르르 무너지는 경우가 많습니다. 지금 현재 이성
친구가 있습니까? 사이는 좋은 편인가요? 진정으로 멋진 이
성 교제를 하려면 내가 먼저 준비해야 합니다. 내가 먼저 사
랑하지 않고 상대방에게 사랑받으려고만 하면 어떤 이성 관계
든지 오래갈 수가 없습니다. 동성 친구와의 관계도 마찬가집
니다. 아름답게 관계를 유지하는 것이 처음 사귀는 일보다 훨
씬 더 어렵습니다. 사랑과 우정의 관계를 아름답게 유지하는
가장 큰 비결은 내가 더 많이 사랑해주겠다는 뜻을 정함에 있
습니다.

내일이면 장님이 될 사람처럼

맹인인 나는 맹인이 아닌 당신에게
한 가지 조언밖에 줄 수 없다.

내일이면 장님이 될 사람처럼
당신의 눈을 사용하라.

다른 감각에 대해서도 마찬가지다.
마치 내일이면
귀머거리가 될 사람처럼
그렇게 새들의 노랫소리를 듣도록 하라.

마치 내일이면
다시는 아무것도 못 만지게 될 사람처럼
모든 것을 만지며 그 촉감을 즐기도록 하라.

마치 내일이면
아무 냄새도 맡지 못하게 될 사람처럼

그렇게 꽃의 향내를 맡고
음식의 냄새를 맡도록 하라.

헬렌 켈러Helen A. Keller

헬렌 켈러의 글을 보고 있으면 제 자신이 부끄러워질 때가 많습니다. 몸도 성치 못한 사람이 어떻게 저런 삶을 살 수 있을까요? 결국 마음의 문제인 것 같습니다. 어떤 마음으로 삶을 사느냐에 따라 모든 것이 변화될 수 있음을 헬렌 켈러가 직접 자신의 삶으로 증명해 보여 준 것입니다. 사랑하는 후배들, 주어진 삶을 어떻게 살 것인가 늘 깊이 생각하고 또 생각하십시오. 어떻게 사느냐의 문제가 중요합니다. 어떤 마음가짐으로 어떻게, 무엇을 위해 살 것인지 깊이 생각하기를 부탁드립니다.

| 4월 17일 |

나를 포기하지 않게 하는 것

내가 가졌던 꿈 중 많은 꿈이 실현되지 않았다네
나는 그 꿈들이 새벽에 사라지는 것을 보았지
그러나 실현된 꿈들도 꽤 많이 있다네

하나님 감사합니다
저로 하여금 계속 꿈을 가질 수 있게 해 주셔서.

내가 드린 기도 중 많은 기도들이 응답되지 않았다네
내가 그토록 오랫동안 참고 기다렸는데도 불구하고
그러나 응답받은 기도들도 꽤 있지
그래서 나는 오늘도 계속 기도할 수 있다네.

믿었던 친구들 중 많은 친구들에게 실망해서
홀로 운 적도 많았지
그러나 충실한 친구들도 많이 있다네
그래서 나는 지금도 친구들을 믿을 수 있다네.

내가 심은 씨앗 중 많은 것들이 길가에 떨어져서
새가 와서 그 씨앗을 먹어 버렸지
그러나 내 손에 아직도 좋은 씨앗들이 많이 있지
그래서 나는 오늘도 계속 씨앗을 심는다네.

나는 실망과 고통의 잔을 마시고는
여러 날 동안 처량하게 지냈지
그러나 인생이라는 장미꽃으로부터
감미로운 음료도 충분히 맛보았지

그래서 나는 오늘도 계속 살아갈 맛이 난다네.

여러분, 이제 곧 중간고사입니다. 시험 준비로 많이 힘들죠? 힘내세요. 정직하게 최선만 다하세요. 비록 그 최선도 상대적인 것이지만 내가 할 수 있는 만큼만 하면 그것으로 족합니다. 오늘도 감사함으로 하루를 시작했겠죠? 모두들 파이팅!

| 4월 18일 |
게으름과 무기력

사람이 게으르면 잠은 실컷 잘지 모르지만 결국 굶주리게 될 것이다.

「잠언」 19 : 15

"잠 좀 실컷 잤으면 좋겠다. 나는 언제 잠 좀 실컷 자 볼까? 시험과 공부에 대한 중압감에서 벗어나 잠 좀 실컷 자 봤으면 좋겠다."

제가 중·고등학교 때 가장 바라던 소원이었답니다. 대학교에 들어가서 중·고등학교 때보다 훨씬 더 많이 공부하게 되면서 이 소원은 더욱 간절해졌습니다. 10년째 희망 공부방 학생들을 가르치면서 나는 늘 "만약 너희들이 선생님만큼 시간 관리하면서 자고 공부하면 우리 나라에서 원하는 대학, 모든 학과에 갈 수 있다. 분발하렴" 하고 말합니다.

사실 저도 많이 자고 많이 놀고 싶습니다. 그런데 자고 노는 것보다 중요하다고 생각되는 일이 있습니다. 저에게는 꿈이 있습니다. 그 꿈을 이루기 위해서라면 잠이 좀 모자라고 적게 놀아도 얼마든지 참을 수 있습니다.

아무리 자도 피곤할 수 있습니다. 중요한 것은 마음가짐입 니다. 게을러지지 마십시오. 게으름에 지지 마십시오. 게으름 과 무기력은 우리 인생을 가장 지치게 만드는 나쁜 친구들이 랍니다. 이제 곧 1학기 중간고사가 시작됩니다. 최선을 다해 정직하게 시험을 치르기를 부탁드립니다. 모두들 힘내세요.

Jesus Christ

자매

중간고사 시험 준비로 많이 힘들죠? 벌써 중간고사 기간인 친구들도 있을 겁니다. 시험 보느라 무척 긴장하고 지쳐 있는 후배들에게 마음의 따뜻함을 잃지 않게 해 주는 글을 전합니다. 보시고 힘내세요.

어릴 적 우리는 자주 다투었지요. 하지만 십대가 되자 점차 싸우거나 말다툼하는 횟수가 줄어들었으며, 그 뒤로 싸운 기억은 거의 없습니다. 사람들은 우리 자매를 복제 인간 같다고 말하곤 했지요. 우리는 둘 다 요리와 뜨개질, 노래 부르는 것을 좋아했으니까요. 외모는 서로 달랐는데 그것마저 닮고 싶어 했습니다. 나는 동생의 붉은 머리카락과 녹색 눈동자를, 동생은 나의 금발과 파란 눈동자를 부러워했습니다.

동생은 늘 내가 머리가 좋다고 말했습니다. 하지만 동생은 자기 아이들이 다 자라자 대학교에 다녔고 노련한 사서가 되었지요. 동생은 자신의 아이들뿐만 아니라 입양한 아이들도 사랑하고 잘 교육하는 데 재주가 있었습니다. 동생은 아이들이 자라 독립할 나이가 되자 자신의 자리를 과감히 포기하는 용기도 가지고 있었지요.

나는 동생의 이러한 점을 높이 평가합니다. 우리는 아무런 시기나 질투심 없이 저마다 이루어 놓은 일들을 축하해 주면서 인생을 더욱 발전시켜 나갔지요. 어느 한쪽이 상처 입었을 경우에는 그것이 내 상처인 양 위로해 주면서요.

하지만 남들도 부러워하던 자매애도 동생이 병으로 일찍 세상을 떠나면서 짧게 끝나고 말았습니다. 동생은 암이었습니다. 수술로 완치는 됐지만 12년밖에 살지 못했지요. 더군다나 동생은 당뇨 증세까지 있어서 심하게 고통을 받았습니다. 장기간의 병치레는 마침내 심부전증을 일으켰고 그 결과 동생은 거의 실명을 하고 말았지요. 동생은 45세라는 젊은 나이로 세상을 떠났지만, 우리의 단단했던 자매애는 내 마음속에 지금도 남아 지속되고 있답니다.

동생과 나의 사랑은 자손들에게로 이어졌습니다. 동생의 자녀들이 성취한 일들이 무척 기쁘며, 동생의 손자 손녀들이 하나 둘 생기는 걸 지켜보면 흐뭇해집니다. 많은 명절을 내 아이들과 동생의 아이들이 함께 지냈습니다. 다른 가족과 별다를 게 없지만 이 가족애를 더욱 돈독하게 해 주는 것이 하나 있습니다. 그것은 동생의 아이들이 나를 어머니처럼 여긴다는 것입니다. 그 아이들도 나도 이 사실을 알고 있습니다. 하지만 이렇게 따뜻하며 자연스럽게 싹튼 감정을 누구 하나 입 밖에 내는 이는 없지요.

동생이 죽고 10년이라는 세월이 흘렀건만, 난 여전히 동생 샤론이 좋아했던 패티 멜트를 먹을 때마다 목이 메어 옵니다. 울지 않으려고 노력하지만 번번이 허사였지요. 요리법을 적은 카드를 넘기다가 때때로 동생이 손수 메모해 놓은 것을 발견하면 가슴이 뛰곤 합니다. 그리고 삶에서 아주 가끔 중요한 일이 발생할 때(아니 그보다 더 못한 사소한 일이라도), 언뜻언뜻 동생에게 전화해야겠다는 바보 같은 생각을 하곤 하지요. 그래요. 동생은 나의 허전한 마음을 채워 주는, 세상에 둘도 없이 마음이 착착 맞는 친구였답니다. 나는 외롭지 않습니다. 왜냐하면 동생은 여전히 내 마음속에 살아 있기 때문입니다.

| 4월 20일 |
마음이 근본이다

예로부터 성현은 모두 마음을 근본으로 삼았다.

주자朱子

제가 무척 좋아하는 주자의 글입니다. 이 글이 가장 강조하는 것은 마음입니다. 여러분도 이 글을 통해 새롭게 뜻을 정하기를 바랍니다.

이제 곧 새 학년 첫 중간고사가 시작됩니다. 마음이 굉장히 불안해질 겁니다. '시험을 망치면 어떡할까? 생각만큼 공부를 못했는데 어떡하지?' 이런 걱정을 하게 되겠지요? 시험을 앞두고 초조할 겁니다. 그래서 마음의 평안을 빼앗기기 쉽습니다. 마음이 흔들리기 시작하면 정상적인 공부가 어렵습니다. 마음관리를 위해 명상하는 시간은 시험 기간이 가까워지면 질수록, 절대로 빼먹거나 줄이면 안 됩니다. 그 시간을 아껴 단어 하나 더 외운다고 공부가 효율적으로 잘되는 것이 아닙니다.

마음을 꼭 돌보십시오. 그리고 매일매일 마음훈련을 게을리하지 마십시오. 내가 왜 공부하는지, 이번 시험을 어떤 마음자세로 봐야 할지 결심하십시오. 그리고 불안하고 부정적인 생각이 들 때마다 단호하게 떨쳐 버리고 여러분의 마음을 지키십시오. 마음을 관리하는 자가 세상을 관리할 수 있습니다.

오늘도 과정에 충실한 하루가 되기를 소원합니다.

| 4월 21일 |

거짓의 음식

남을 속여서 얻은 것이 맛있는 음식처럼 보이지만 그것은 얼마 가지 않아 입 안의 모래와 같을 것이다.

「잠언」20 : 17

시험 시간 중에 커닝을 하는 친구들을 보면 순간, 나도 하고 싶다는 생각이 듭니다. '책 한 번만 펴 보면 확실하게 맞을 수 있는데…. 아, 생각이 가물가물하다' 라는 생각이 들 겁니다. 하지만 옆 친구가 슬쩍 책을 보고 답을 쓰는 것을 보면 가슴이 콩콩 뛰기 시작합니다. '저 아이도 하는데 나도 할까? 선생님도 안 보는 것 같은데 그냥 살짝 볼까? 이번 내신 시험이 나에게 무척 중요한데' 라는 생각이 들겠죠?

학생이라면 누구든지 커닝의 유혹을 받게 됩니다. 그리고 이 유혹은 매우 강렬하고 줄기찹니다. 성적 지상주의 시대에 살고 있는 청소년들에게 성적 상승이라는 유혹은 너무나 마음을 혹하게 합니다.

저는 귀한 후배들이 커닝으로 내신 등급을 올리지 않기를 부탁드립니다. 양심이 병드는 것만큼 돌이킬 수 없는 일이 없

습니다. 한 번 양심이 병들면 가속도가 붙습니다. 차라리 명문
대를 못 가는 한이 있더라도 정직한 노력으로 정당하게 성적
을 받으세요. 정직한 노력만이 세상을 변화시킬 수 있는 힘을
가집니다.

|4월 22일|
이런 친구

모든 사람들이 짐 브래디의 이야기를 잘 알고 있습니다. 덩
치 크고 솔직하며 재치가 넘치고 '곰'이란 별명을 가진 그였
습니다. 백악관 공보관이 된 지 겨우 2개월 만에 레이건 대통
령을 쏘려던 총알을 대신 머리에 맞고 뇌수술을 받은 뒤, 의식
을 회복하기 위하여 얼마나 애를 썼는지, 상처의 고통을 얼마
나 잘 견디어 냈는지를 말입니다.

하지만 브래디를 자신같이 사랑했기에 한결같은 헌신으로
브래디를 돌봤던 밥 댈그런이라는 사람을 알고 있는 이들은
그리 많지 않습니다. 얼마 전, 밥 댈그런은 52세의 나이로 잠
자는 중에 사망했습니다. 그런데 그 죽음은 조간신문의 기삿
거리도 되지 못했다고 합니다. 댈그런은 수 개월 동안 브래디

의 뇌수술이 있을 때마다 수술실 밖에서 밤을 지새우곤 했습니다. 그 사건 직후 브래디의 아이를 자기 집에 데려가 돌봐 준 것도 댈그런과 그의 아내 수지였습니다.

브래디의 완쾌를 위해 그의 친구들과 함께 유쾌한 '행복의 시간'을 마련한 것도 댈그런이었지요. 브래디가 회복하여 휠체어를 타고 반쯤 정상적인 생활이 가능해졌을 때 필요한 것을 미리 준비한 것도 댈그런이었고, 특별한 장치가 된 자동차에 브래디가 오르내릴 수 있도록 도와준 사람도 역시 댈그런이었답니다. 브래디의 건강에 대하여 늘 걱정하는 브래디의 아내 사라를 잘 도와주었으며, 브래디를 여러 면에서 돕고 있는 친구들이 그의 소식을 들을 수 있도록 많은 시간을 할애했습니다. 또 댈그런은 브래디 가족들의 재정 지원을 위하여 기금을 조성하는 데도 도움을 주었지요.

그 총격 사건이 있은 뒤 4년 반 이상, 댈그런은 사랑하는 친구를 위하여 자신의 모든 시간을 바쳤습니다. 하지만 무엇을 바라고 한 일은 아니었지요. 그는 결코 불평을 하지 않았으며, 필요한 것을 공급하는 데도 주저하지 않았습니다.

오랫동안 브래디의 수술을 맡았던 아서 코브린 박사는, "우리 모두는 댈그런과 같은 친구가 필요하다!"고 말했습니다.

사람들은 흔히들 "중요한 것은 마음이다!"라고 합니다. 정말 그럴까요? 단순히 마음만 가지고 있는 것 자체는 그다지 중요하지 않습니다. 행동으로 옮겼을 때에 마음은 비로소 진가를 발휘합니다. 뜻을 정한다는 것은 결단과 행동 두 가지 모두를 아우릅니다.

사랑하는 후배들, 중간고사 기간 힘들더라도 커닝의 유혹에서 자신을 지켜 내기를 간곡히 부탁드립니다. 시험 끝까지 최선을 다하세요.

| 4월 23일 |
잠기지 않은 문

스코틀랜드의 글래스고에 살던 한 십대 소녀가 부모님이 주는 압박감과 기대감 그리고 집에서의 생활에 염증을 느꼈습니다. 결국 소녀는 부모님의 관심을 억압으로 생각하여 집을 나갔습니다. 하지만 직업을 구할 수 없었던 그 소녀는 결국 거리로 나가 창녀가 되고 말았습니다. 세월이 흐를수록 비참한 생활에 더욱더 빠져 들게 되었습니다.

집을 나간 뒤로 그 소녀는 어머니와 전혀 소식을 주고받지 않았습니다. 그러다가 딸의 행방을 전해 들은 어머니는 딸을 찾기 위하여 딸이 있는 도시의 변두리를 찾아갔습니다. 모든 구제 단체들을 돌면서 어머니는 말했습니다.

"이 사진 한 장만 받아 주시겠어요?"

그 사진은 희끗희끗 센 머리에 미소를 짓고 있는 자신의 사진이었습니다. 그 사진 밑에는 이렇게 쓰여 있었습니다.

'여전히 널 사랑한단다. 돌아오너라.'

그 뒤로 몇 달이 지나도록 아무 일도 일어나지 않았습니다. 그러던 어느 날, 길거리에서 방황하던 소녀가 한 구제 단체에 밥을 얻어먹으려고 왔습니다. 그녀는 예배를 드리면서도 그저 멍하니 게시판만 바라보고 있었지요. 그러다가 거기서 자기 어머니와 너무도 닮은 사진 한 장을 발견했습니다. 혹시 하는 생각에 그녀는 예배가 끝날 때까지 기다릴 수가 없었습니다.

이내 게시판으로 다가가 사진을 자세히 들여다보았지요. 바로 자신의 어머니였습니다. 그리고 '여전히 널 사랑한단다. 돌아오너라' 라는 어머니의 글을 읽었지요. 너무나도 믿을 수 없는 사실에 소녀는 그만 흐느끼고 말았습니다. 시간은 비록 밤이었지만, 그 사진 밑에 써 있는 말에 용기를 얻은 소녀는 집을 향해 밤새 걷기 시작했습니다. 결국 이른 아침이 되어서 야 소녀는 집에 도착하였지요.

그러나 소녀는 집에 들어가기가 두려워 문밖에서 머뭇거렸습니다. 이제는 어찌해야 할지 몰랐습니다. 하지만 용기를 낸 소녀는 대문을 두드렸지요. 그런데 대문이 저절로 열리는 것 아니겠습니까! 도둑이 들었을지도 모른다는 걱정에 소녀는 곧장 안으로 뛰어 들어가 어머니의 침실로 갔습니다. 하지만 어머니는 여전히 주무시고 계셨습니다! 어머니를 흔들어 깨우며 소녀는 말했지요.

"엄마, 저예요, 제가 돌아왔어요!"

이 말에 잠에서 깨어난 어머니는 자신의 눈을 의심했습니다. 딸이 돌아오다니! 눈물을 훔친 어머니와 딸은 서로를 부둥켜안았습니다.

"문이 열려 있어서 도둑이 들어온 줄 알았어요!" 딸이 말했습니다.

하지만 어머니는 미소를 지으며 조용히 말했지요.

"네가 집을 나간 날부터 지금까지 한 번도 대문을 잠그지 않았단다."

예전에 저는 어머니께 무척 혼이 난 다음 가출하고 싶은 마음이 든 적이 있었습니다. 그래서 가출을 했습니다. 물론 저녁이 되어 배도 고프고 갈 데도 마땅치 않아 돌아왔지만요. 무척 혼날 줄 알았는데 어머니는 아무 말씀 없이 저에게 밥을 챙겨 주고 변함없이 대해 주었습니다. 밥을 먹는데 괜히 눈물이 났습니다.

가족만큼 세상에서 좋은 것은 없는 것 같습니다. 정말 특별한 관계입니다. 오늘 제대로 효도해 보도록 합시다. 부모님이 환하게 웃으시게 말입니다.

허물을 덮어 줘라

허물을 덮어 주는 사람은 사랑을 추구하는 자이며 그것을 거듭 말
하는 사람은 친한 친구를 이간하는 자이다.

「잠언」17 : 9

점심시간에, 혹시 이런 종류의 이야기들이 난무하지는 않
나요?

"애들아, 쟤 있잖아. 경민이. 정말 나쁜 애래. 그리고 쟤 민
경이, 쟤가 또 장난이 아니래. 어쩌면 그럴 수 있어. 그리고 쟤
네 아빠가 또 그렇고 그런 사람이래."

그런데 세상에 완벽한 사람이 과연 있을까요? 세상에서 가
장 착하게 산 사람과 우리 같은 보통 사람들과의 차이는 어느
정도일까요?

물론 굉장한 차이가 있겠지요. 그렇지만 하나님의 입장에서
보면 반딧불 두 마리가 서로 "내가 너보다 더 밝아", "아냐, 내
가 더 밝아" 하면서 다투는 모습이 아닐까요? 허물없는 사람
은 없습니다. 우리는 자신만이 아는 실수도 하루에 수없이 하
고 사는 존재입니다. 그런 우리가 타인의 허물을 보게 되면 흥

분하게 됩니다. "아니, 저 녀석이 어떻게 저럴 수가 있어" 하면서 말입니다. 그 허물이 내게도 똑같이 있는데도 말입니다.

인간은 연약한 존재입니다. 혼자서 살 수 없답니다. 친구들의 허물, 부모님의 허물, 형제자매들의 허물, 이제는 덮어 주십시오. 여러분이 덮어 줄 때 그들도 변하게 될 것입니다. 진정한 사랑은 허물을 덮어 주고 용서하는 것에서 시작된답니다.

| 4월 25일 |
음덕양보陰德陽報

다음은 『설원』 보은편에 나오는 이야기입니다.

초楚나라 장왕莊王이 여러 신하들과 잔치를 벌였습니다. 술자리가 한창 무르익을 즈음 바람이 불어와 등불이 꺼져 버렸습니다. 그때 누군가가 캄캄한 틈을 타 술시중을 들던 한 미녀를 끌어안았습니다. 왕의 사랑을 독차지하고 있던 그 미녀는 그 사람의 갓끈을 당겨 끊어 쥐고서는 왕에게 말하였습니다.

"전하! 등불이 꺼지자 첩을 희롱하는 이가 있어, 첩이 그의 갓끈을 끊어서 가지고 있사옵니다. 빨리 불을 밝혀 갓끈이 끊긴 자를 찾아 벌하여 주옵소서!"

왕은 그녀에게 대답했습니다.

"남에게 술을 먹여서 예를 잃도록 한 책임은 그대에게도 있소. 어찌 한 번의 실수를 들어 선비를 욕되게 할 수 있겠소!"

곧이어 좌우 신하들에게 말하였습니다.

"지금 나와 함께 술을 마시면서 갓끈을 끊지 않은 자는 즐겁지 않은 줄로 알겠소."

이 말에 신하들은 모두 갓끈을 끊어 버렸고, 비로소 그때서야 왕은 다시 불을 켜도록 했으며 잔치는 계속 이어졌습니다.

2년 후, 초나라에 큰 전쟁이 벌어졌는데, 한 신하가 자신의 목숨을 돌보지 않고 앞장서서 싸워 초나라는 대승을 거두게 되었습니다. 장왕은 그 신하를 불러 물어보았습니다.

"과인은 그대에게 남달리 잘해 주지도 않았는데, 어찌하여 죽음을 무릅쓰고 싸웠는가?"

"지난날 술자리에서 신이 예의를 잃고 죽을죄를 저질렀으나, 전하께서는 신의 죄를 덮어 주고 죽이지 않으셨습니다. 남모르게 죄를 덮어 주신 고마움을 세상이 다 알도록 하고 싶었습니다."

이 전쟁이 있은 후로 초나라는 군신君臣이 합심하여 더욱 강해질 수 있었습니다. '남모르게〔陰〕 덕〔德〕을 베풀면 반드시 크게 드러나는〔陽〕 보답〔報〕이 주어진다'는 것은 이를 두고 한 말입니다.

날로 삭막해져 가는 한국 사회에서 용서와 관용이라는 단어는 점차 사라지고 있습니다. 대신 비판과 정죄만이 난무하고 있습니다. 초나라 장왕의 이야기는 오늘 우리에게 시사하는 바가 참 많습니다.

장왕 역시 연약한 사람인지라 자신이 사랑하는 여인이 다른 남자의 품에 안겼다는 사실이 유쾌했을 리 없었을 것입니다. 보통 왕이었으면 화가 나서, 술이 취해 실수한 신하를 찾아 죽였을 수도 있습니다. 그런데 장왕은 죽을 수도 있는 큰 실수를 한 신하를 넓은 아량과 따뜻한 인품으로 덮어 줍니다. 행여 갓끈이 끊긴 사람이 다시 불이 켠 다음 노심초사 불안해할까 봐 그는 슬기를 발휘하여 다른 사람들도 모두 갓끈을 끊게 만듭니다.

결국 그의 따뜻한 사랑과 용서는 실수한 신하로 하여금 목숨을 아끼지 않고 왕을 위해 충성하도록 마음을 변화시킵니다. 그리고 그 신하는 장왕을 위해 목숨도 아끼지 않는 충성스러운 신하로 남게 됩니다.

진정으로 사람을 변화시키는 것은 무엇일까요? 엄청난 권력일까요? 돈일까요? 아니면 무서운 법일까요? 엄청난 권력과 무서운 법 앞에서 사람들은 이것을 따르는 척할 수는 있을 것입니다. 하지만 진심이 우러나게 할 수는 없을 것입니다. 만약 그 신하가 장왕에게 따뜻한 용서와 사랑을 마음 깊이 받지 못했다면 그는 전쟁에서 신하로서 어느 정도 싸움을 할 수는 있었겠지만, 목숨 걸고 생명을 다해 그토록 열심히 싸우지는 않았을 것입니다. 무엇이 그 신하로 하여금 그렇게 하도록 만들었을까요? 그것은 바로 용서와 사랑입니다.

인간은 모두 연약합니다. 허물도 많고 죄도 많이 짓습니다. 태어나서 한 번도 거짓말을 안 하고, 나쁜 짓을 안 하고, 누구를 미워하지도 않고, 착한 일만 한 사람이 있을까요? 없습니다. 인간 모두는 거기서 거기입니다. 아무리 착한 사람이라도 마음 한구석에는 악한 마음과 죄가 있습니다. 인간이 그런 존재이기에 우리는 서로의 잘못과 연약함과 모자람을 이해하고 품어 주어야 합니다. 용서하고 사랑해야 합니다. 어느 인간도 인간을 정죄하거나 비판할 자격은 없습니다.

비판과 정죄로 인간을 대하면 사회는 삭막해지고 따뜻한 정은 금세 식고, 미움과 불신과 잔인함만이 판을 칩니다. 하지만 사랑과 용서로 허물 많은 인간을 대하면 사회는 따뜻해지고 포근해집니다. 사람들 간의 정은 더욱 깊어지고 서로 믿고 사랑하며 기쁘게 살게 됩니다.

우리는 남을 너무 쉽게 판단하고 비판하고 정죄하는 데 익숙해져 있습니다. 남보다 조금이라도 더 잘난 것이 있으면 금세 우쭐해져서 나보다 못한 사람들을 무시하거나 우습게 여겼습니다. 그런 방식으로는 삶이 행복해질 수 없습니다.

여러분은 인격과 실력을 고루 겸비한 21세기 진정한 리더가 될 사람들입니다. 사람을 살리고 연약한 이웃을 돌볼 줄 아는 따뜻한 정이 있는 실력자가 될 사람들입니다.

비판과 정죄가 아닌 용서와 사랑으로 먼저 여러분 자신을 대하십시오. 그리고 그런 마음으로 주변을 대하시기를 간곡히 부탁드립니다. 자신을 먼저 용서와 사랑으로 대하지 않는 사람은 남도 그렇게 대할 수 없답니다. 용서와 사랑만이 사람을 살리고 진정으로 그를 아름답게 변화시킬 수 있습니다. 여러분 모두가 그런 멋진 인재가 될 거라 믿습니다.

| 4월 26일 |
입맞춤

중간고사 기간 중에 마음이 흔들리고 요동칠 때가 있습니다. 나름대로 열심히 준비한 과목에서 점수가 좋지 않으면 무척 낙심하기 쉽습니다. 그런 분들에게 이 글을 드립니다. 특별 '힘냄' 메시지입니다. 외과 의사인 리차드 셀저의 글입니다. 오늘 하루도 실패는 있어도 포기는 안 됩니다.

나는 어떤 젊은 여자가 누워 있는 침대 옆에 서 있습니다. 그녀는 막 수술을 끝냈기 때문에 입술은 마비된 상태로 뒤틀려 있었고 그 모습이 약간 우스꽝스럽기까지 했지요. 입술 근육과 이어져 있는 안면 신경의 작은 줄기 하나가 수술로 절단되었기 때문입니다. 앞으로 그녀는 계속 이렇게 지내야만 할 것입니다.

한 외과 의사가 조심스럽게 그녀의 얼굴에서 만곡 부분을 수술했습니다. 그는 정말 최선을 다했지요. 그렇지만 나는 그녀 뺨의 종양을 제거하기 위하여 다시 또 하나의 작은 신경을 제거해야만 했습니다. 그녀의 남편은 나의 맞은편에 서 있었습니다. 나도 몰랐는데 밤새 같이 있었던 모양입니다.

그 모습을 보며 나는 속으로 '이제 뒤틀린 입술을 가지게 된 아내를 저 남편은 어떻게 저토록 부드럽고 열정적으로 바라보며 어루만져 주고 있는 것일까?' 라고 생각했습니다.

"저는 계속 이런 상태로 지내야 하나요?"

그녀가 물었습니다.

"네, 입술 근육 신경이 제거돼서 그렇습니다."

내 말에 그녀는 고개를 끄덕였고 더 이상 말을 하지 않았지요. 이때 젊은 남편이 웃으며 말했습니다.

"입술이 귀여워져서 좋네요!"

그 순간 나는 남편의 됨됨이를 알아보았습니다. 수술로 입술이 뒤틀린 아내를 사랑스럽게 바라볼 수 있는 그를 이해하게 되자, 나는 부끄러운 시선을 떨굴 수밖에 없었습니다. 원래 신을 만나면 겸허해지기 마련이죠! 그 남편은 내가 옆에 있다는 것은 개의치 않고, 허리를 굽혀 그녀의 입술에 자신의 입을 맞췄습니다. 그는 여전히 입맞춤을 할 수 있다는 걸 아내에게 보여 주기 위하여, 자신의 입술을 그녀의 비뚤어진 입술에 맞춘 것이었습니다.

참된 사랑이란 사려 깊은 행위입니다. 다른 사람을 편안하게 만들어 그의 영혼을 고양시켜 주는 것이지요. 두려움을 떨쳐 버리도록 도와주는 것입니다. 또한 타인의 마음에 질려져 있는 빗장을 푸는 열쇠이기도 하지요. 우리는 부인의 아픈 곳을 감춰 주기 위하여 모든 노력을 기울이는 남편의 특별한 사랑 이야기를 들었습니다. 더 나아가 사랑하는 사람의 고통을 나눠 가지기 위하여 행동까지도 그와 맞춰 가는 희생을 보았습니다.

저는 여러분이 여러 고통들로 인하여 더욱더 마음이 넓어지고 인격이 성장하기를 원합니다. 비록 지금은 힘들지만 그런 경험을 통해 됨됨이가 더욱 성숙해지리라 믿고 싶습니다. 힘든 것을 참고 인내하여 더 큰 희망을 보시기 바랍니다.

입과 혀를 조심하라

자기 입과 혀를 지키는 사람은 환난에서 자기 영혼을 지킨다.

「잠언」21 : 23

세상에서 가장 지키기 힘든 것이 두 가지가 있습니다. 하나는 마음이고 다른 하나는 혀입니다. 바람을 잡으려는 것처럼 이 두 가지를 지키는 것은 쉽지 않습니다. 마음속에 있는 것이 혀를 통해 나올 때 그 말이 사람의 인생을 좌지우지합니다. 말 한마디 실수해서 인생을 그르치는 경우도 많이 보았을 겁니다. 반면에 따뜻한 격려의 말 한마디는 다른 사람의 생명도 구할 수 있답니다.

오늘부터 말하기 전에 더도 말고 단 한 번만이라도 더 생각하고 말하는 훈련을 시작해 보십시오. 새로운 인생으로의 전환점이 될 것입니다.

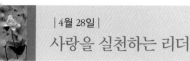
사랑을 실천하는 리더

몇 년 전, 알렉산더 울코트가 어떤 어머니의 이야기를 해 주었습니다. 그 일은 뉴욕 시에 있는 한 병원에서 일어난 이야기였지요.

슬픔에 찬 어떤 어머니가 말없이 그저 눈물만 흘리며 병원 대기실 의자에 앉아 있었습니다. 그녀의 외동딸이 그만 병으로 세상을 떠났기 때문이지요. 수간호사가 무슨 말을 하는데도 어머니는 멍하니 앞만 바라보고 있었습니다. 하지만 이런 상황에서 위로의 말을 해 주는 것이 수간호사의 의무였기에 계속해서 그녀를 위로해 주었습니다.

"노리스 부인, 저기 남루한 차림의 작은 사내아이 아세요? 죽은 따님의 병실 옆 복도에 있는 아이요."

"모르겠는데요." 그녀는 그 아이가 누군지 몰랐습니다.

"저 아이 말인데요, 엄마는 젊은 프랑스 여자입니다. 일주일 전쯤에 앰뷸런스에 실려 이곳으로 왔죠. 그 여자가 아들이랑 단둘이서 이곳에 온 지는 겨우 석 달밖에 안 됐어요. 전에 있던 나라에서 가족을 모두 잃었다고 하더군요. 이곳에는 아는 사람이 전혀 없고요. 날마다 저 아이는 병원에 와서 하루 종일 엄마가 깨어나기만을 기다렸어요. 하지만 이젠 집마저 잃어버렸답니다."

노리스 부인은 진지하게 듣고 있었습니다. 수간호사가 계속 이야기를 했습니다.

"15분 전에 저 애 엄마가 죽었답니다. 이제 저 일곱 살 난 아이에게 엄마가 죽었다고 말해 주어야 해요. 저 아인 이제 의지할 데 없는 고아예요."

여기서 수간호사는 말을 잠시 멈추었습니다. 그러고는 슬픔에 찬 얼굴로 노리스 부인을 돌아보았지요.

"노리스 부인, 저는 차마⋯." 그녀가 머뭇거리며 말을 이었습니다. "차마 전 말할 수가 없어서 그러는데, 저 대신 아이에게 이야기를 해 주시겠어요?"

그 다음에 일어난 일은 수간호사의 일생에서 결코 잊혀질 수 없는 일이 되었습니다. 노리스 부인이 망연히 앉아 있던 자리에서 일어나 눈물을 닦더니, 그 아이에게 다가갔습니다. 그리고 아이의 어깨에 팔을 두르고는 자신의 집으로 데리고 간 것입니다. 그렇게, 절망의 어둠 속에 서 있던 두 사람이 만나 서로에게 빛이 되어 주었던 거지요.

절망과 슬픔으로 가득 찬 세상은 미래에 대한 불안감을 더해 줍니다. 자살하는 청소년 수가 나날이 늘어만 갑니다. 입시 경쟁은 더욱더 치열해지고 있습니다. '유전有錢 명문대, 무전無

錢 삼류대'라는 말이 공공연한 사실로 받아들여지고 있습니다. 부익부 빈익빈 현상은 점점 심해지고 있습니다. 어른들에게 상처받아 아파하는 청소년들이 많습니다.

이런 세상에서 진정한 리더가 되려면 마음속에 그 무엇과도 바꿀 수 없는 따뜻한 사랑이 있어야 합니다. 그런 사람만이 세상을 살 만한 곳으로 바꿀 수 있습니다. 미래의 주인공인 여러분! 여러분이 바르게 뜻을 정하면 그때부터 세상은 달라진다는 걸 잊지 마세요. 오늘 하루도 힘든 일이 있을 때마다 하늘 한번 쳐다보고 힘내세요. 사방이 막혀 있어도 하늘은 열려 있다는 말, 언제 들어도 힘이 되네요.

못생긴 애완견

어느 가족이 남부의 자그마한 마을에서 동북부의 대도시로 이사를 가게 되었습니다. 어린 꼬마는 친한 친구들이 있는 그 마을을 떠나기가 정말 싫었지요. 게다가 대도시에서 사는 것이 자기에게 맞지 않을 거라고 생각했습니다. 다만 한 가지 꼬마에게 위안이 되는 것은 애완견을 데리고 가도 된다고 허락을 받은 것이었습니다.

새집에 이사를 온 후, 꼬마는 애완견을 데리고 동네를 둘러보러 산책을 나갔습니다. 그 동네의 학교 운동장을 천천히 돌아다니는데 꼬마 앞에 동네 깡패들이 나타났습니다. 깡패 우두머리로 보이는 한 아이가 말했지요.

"이 동네에 새로 이사 왔구나! 여기에서 오래 살고 싶다면 우리 패거리에 들어와야 돼. 아마 내 밑으로 들어오는 게 신상에 좋을 걸!"

꼬마가 말했습니다.

"내가 전에 살던 곳에선 너희들 같은 패거리는 없었어. 난 너희와 어울리는 것이 옳지 않다고 생각해!"

"너 분명 잘못 선택하는 거야!"라고 불량배는 아이를 노려

보며 말했지요. 그러다가 꼬마가 데리고 나온 애완동물을 발견하고는 웃음을 터뜨렸습니다.

"저 못생긴 개 좀 봐. 정말 못생겼네! 저 단춧구멍만한 눈하며, 누런 털, 짧은 꼬리에 긴 콧등, 숏다리! 야, 이 개 무슨 종자냐? 그래, 아무래도 좋아. 내 계획을 말해 주겠어. 내일 저녁까지 우리 패거리에 들어오지 않으면, 내 '킬러'가 저 못생긴 개새끼를 물어 죽이게 만들겠어. 내일 밤에 이곳으로 나와. 아니면 각오해!"

꼬마가 그 말을 되받아쳤습니다. "그래 내일 보자. 하지만 네 패거리에 들어갈 일은 없을 거야."

다음 날 저녁, 꼬마는 애완견을 데리고 학교 운동장으로 갔습니다. 아니나 다를까 그 불량배들은 이미 나와 있었지요. 그들 가운데 하나가 킬러라는 이름의 독일산 셰퍼드를 사슬에 묶어서 데리고 나왔습니다. 그 개는 어깨까지의 높이가 약 3피트나 되었지요. 침을 질질 흘리며 무섭고 커다란 이빨을 드러낸 킬러는 꼬마의 애완견을 잡아먹겠다는 듯이 노려보았습니다.

불량배 우두머리가 킬러를 풀어 주며 외쳤습니다. "물어!" 킬러는 꼬마의 강아지 주위를 두 번 정도 돌더니 강아지에게 덤벼들었습니다. 그러나 그 순간, 꼬마의 애완견이 그 불량배가 이제까지 보아 왔던 그 어떤 입보다 더 크게 입을 벌려 킬러를 단번에 물어 죽이고 말았지요. 불량배들의 눈이 휘둥그

레졌습니다. 마침내 그 우두머리가 물었지요.

"이 노란 단춧구멍 같은 눈에, 짧은 꼬리, 긴 콧등, 그리고 땅딸막한 다리의 개가 도대체 무슨 종자지?"

"으응, 내가 이놈 꼬리를 자르고 노란색 페인트를 칠하기 전엔 악어였어!" 꼬마가 대답했습니다.

그렇습니다! 겉으로 보이는 것이 전부가 아닙니다. 현대인들은 겉으로 드러나는 것에 무척 공을 들입니다. 그리고 겉모습으로만 그 사람을 다 안다고 생각합니다. 어쩌면 성적이 안 좋은 학생은 세상의 기준으로 보면 열등생 혹은 별 볼일 없는 학생일 수도 있습니다. 하지만 그것은 어디까지나 진실이 아닙니다. 그런 단순한 기준으로는 무궁무진한 가능성과 꿈을 지닌 여러분을 가늠하기 어렵습니다. 중요한 것은 내면입니다. 마음의 정원을 아름답게 가꾸고 훈련하십시오. 여러분의 진가가 언젠가 멋지게 발휘될 것입니다.

자비

사람이 귀를 막고 가난한 자의 부르짖음을 듣지 않으면 자기가 부르짖을 때도 응답을 받지 못할 것이다.

「잠언」 21 : 13

누가 어려운 사람들을 가장 많이 도울까요? 흔히 부자가 더 많이 도울 거라고 생각합니다. 그런데 우리는 신문 혹은 방송을 통해 한평생 고생 고생하며 힘들게 번 돈을 어려운 사람들에게 서슴없이 주는 분들을 자주 봅니다. 강남의 소득이 높은 지역에서 일 년에 모아지는 적십자 후원금보다, 상대적으로 소득이 낮은 강북에서 모아지는 후원금이 더 많다는 신문 기사를 보면 참 놀랍습니다.

왜 그럴까요? 내가 돈이 없는 어려움과 설움을 겪어 보았기 때문에 나보다 더 어려운 사람들의 사정을 잘 이해할 수 있기 때문입니다. 인간은 자신이 경험한 것 이상을 깨닫기가 쉽지 않는 존재입니다. 내 배가 부르면 남의 배고픔을 모르는 법입니다. 저는 여러분이 자신의 성공과 야망만을 위해 수단과 방법을 가리지 않는 이기적인 엘리트가 되는 것을 원하지 않습니다. 그런 인생은 자신에게도 불행이고 주변 이웃에게도 도움을 줄 수 없습니다.

마음이 따뜻하면서도 실력 있는 멋진 엘리트가 되십시오. 주변의 어려움을 못 들은 척하지 마십시오. 그들을 도와줄 수 있는 넉넉한 마음의 여유를 가지기 위해 청소년 시절부터 마음관리를 하기 바랍니다. 그런 청소년들이 하나 둘씩 늘어 갈 때 대한민국은 변화하게 되는 겁니다.

4월의 마지막 날입니다. 한 달 마무리하면서 새로운 달을 준비하는 귀한 시간으로 활용하시기 바랍니다. 이번 한 달도 수고 많았습니다. 귀한 후배들이 저는 자랑스럽습니다.

여러분은 실패를 성공의 디딤돌로 만들 수 있습니다

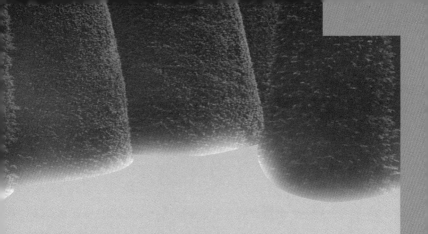

5월의 이야기

한쪽 단면만 보면 끝인 것만 같습니다. 그러나 그 길
끝 모퉁이를 돌면 새로운 길이 열려 있음을 발견합니다.
그래서 사방이 막혀 있어도 하늘은 열려 있다는 말이 참
좋습니다.

|5월 1일|
모두 다 구조됐나요?

몇 년 전, 뉴잉글랜드 지방을 강타한 폭풍우 속에서 배 한 척이 난파를 당했습니다. 그래서 많은 사람들이 해변에 모여서 구조 작업을 도와주었지요. 이윽고 구명보트가 사나운 파도 속을 뚫고 들어가 생존자들을 싣고 돌아오기 시작했습니다.

폭풍우 소리가 요란한 가운데 구조 대원 한 사람이 난파선 선장에게 큰소리로 물었습니다.

"모두 구조됐습니까?"

"아직 한 사람이 남았소"라고 선장이 말했습니다.

"저쪽 끝에 한 사람이 아직 남아 있었는데 미처 구할 수가 없었소. 그 사람은 바다에 빠져 버렸고 배는 막 가라앉으려던 참이었소. 우리가 마지막으로 그를 봤을 때, 그는 부서진 조각 같은 것을 잡고 있었소."

"그럼, 다시 가서 그를 찾아야죠!" 존 홀덴은 말했습니다.

그때 존 홀덴의 옆에 서 있던 그의 어머니가 말했습니다.

"존, 4년 전에 너의 아버지가 탔던 배가 가라앉아 결국 아버지가 익사하신 일을 기억 못하겠니? 그리고 네 형 윌도 며칠 전에 바다에 나가 돌아오질 않았잖니? 존, 나에게는 너밖에 없단다. 제발, 그 조난당한 사람을 구하러 다시 바다에 나가지는 말아다오."

하지만 존은 단호하게 말했습니다. "나가야 합니다. 어머니! 저기 바다 속에 한 사람이 애타게 구조를 기다리고 있어요."

존과 선장은 자그마한 배를 타고 바다로 나갔습니다. 하지만 바다 사정이 그리 좋지 않았고 폭풍우는 여전히 사나웠습니다. 바다로 나가는 자식을 보고 있던 어머니는 낙심한 마음에 한구석으로 돌아서서 눈물을 흘렸습니다. 이제 마지막 남은 자식마저도 잃어버릴 것 같았기 때문입니다.

계속되는 비바람 속에서도 사람들은 존과 선장을 걱정하며 서너 시간 동안이나 자리를 뜨지 않았습니다. 그러나 사람들은 뭔가 일이 잘 안 되고 있음을 직감적으로 알았습니다. 계속 울고 있는 어머니를 위로해 주고 있었습니다. 어떤 사람들은 꿈같은 일이 생기기를 기대하고 있는 듯도 했습니다. 마침내 한 사람이 바다를 향해 손가락으로 가리켰습니다. 바로 조그마한 구명보트가 해변으로 돌아오고 있었던 것입니다.

"찾았나요?" 사람들이 배를 향해 외쳤습니다. 그러자 파도에 흔들리는 배 위에서 존이 큰소리로 대답했습니다.

"예, 그 사람을 발견했어요. 그리고 우리 어머니에게 말해주세요. 그 사람이 바로 윌 형이라고요!"

그렇습니다. 그날 어머니는 잃었던 아들을 다시 찾은 것입니다. 이 얼마나 극적인 상봉인가요? 만일 존이 그날 다시 바다로 나가지 않았다면 어찌 됐을까요?

선행을 베푼다는 것은 쉬운 일이 아닙니다. 하지만 그 선행을 통해 생명을 살릴 수도 있기에 그 가치는 말로 표현할 수 없는 것입니다. 저는 귀한 후배들의 작은 선행이 여러 이유로 자살을 생각하는 친구들에게 새 희망으로 전해지기를 간곡히 바랍니다.

이제 5월 첫날입니다. 꿈의 계절 5월을 비옥하게 가꾸는 것이 올해 공부의 승패를 좌우한다고 해도 과언이 아닙니다. 귀한 후배들, 오늘 하루 새롭게 뜻을 정해 최선을 다하기를 부탁드립니다.

| 5월 2일 |
웃음으로 긴장을 풀어라

"티베트 불교 신자들은 왜 그렇게 많이 웃습니까?"

영화배우 존 클리스John Cleese의 질문에 달라이 라마Dalai-Lama는 심각한 표정으로 이렇게 답했습니다

"웃음은 중생에게 불교의 오묘한 진리를 가르치는 데 상당

한 도움이 됩니다. 정치적인 협상에서도 특별한 능력을 발휘하지요. 사람들이 웃을 때야 비로소 새로운 아이디어를 마음속으로 인정하는 것이기 때문입니다."

웃음은 창조적인 우뇌와 관련이 있습니다. 게임을 하고 긴장을 풀고 재미를 느끼면서 팀워크를 느끼도록 조력하는 활동을 제공하면 기발한 아이디어를 얻을 수 있습니다. 이와 달리 바짝 긴장하고 있으면 톡톡 튀는 아이디어가 나오기란 쉽지 않습니다.

텍사스 엔지니어링 기업에서 묘안을 창출해 내는 회의 brainstorming session에서 지키는 철칙 하나가 있는데 참석자는 지위 고하를 막론하고 웃음을 터뜨리게 하는 셔츠나 기묘한 복장을 해야 한다는 것입니다. 운영본부장은 "옆에 앉은 직원들이 웃음을 터뜨리게 하는 복장을 입고 있을 때는 사태를 심각하게 생각하기 어렵다"라고 말합니다. 이와 마찬가지로 부하 직원이 수록 복장을 하고 있는 상사에 의해 창조성이 압살될 가능성은 적습니다.

톡톡 튀는 아이디어를 만들어 내는 회의의 벽두에는 몇 가지 게임을 해서 긴장을 푸는 것이 특히 중요합니다. 최고의 게임은 뭐니 뭐니 해도 신체 활동과 관련된 것들입니다. 게임이 난폭하면 난폭할수록 억압하는 것은 그만큼 없어지고 억압하는 것이 없어지는 만큼 아이디어는 쉽게 나옵니다.

요즘 십대 청소년들의 표정은 10년 전 제가 희망 공부방을 처음 시작한 때에 비해 많이 어둡습니다. 많이 웃지도 않고 표정이 굳어 있는 친구들도 많습니다. 여러 가지 이유들로 인해 청소년 고유의 특징인 웃음이 사라지고 있는 것입니다. 그럴 때마다 저는 무척 화가 납니다. 정말 귀한 것들이 사라지는 것에 대한 분노입니다.

명문 대학 입학이 그 사람의 인생 전체의 성공을 책임지지는 않습니다. 그런 시대는 이제 지났습니다. 21세기는 진정한 실력을 가진 사람만이 성공합니다. 진정한 실력에는 넉넉한 마음과 여유가 포함되어 있는데 이것은 청소년 시절부터 꾸준히 마음관리를 해 온 사람들만이 가질 수 있는 특별한 능력입니다.

사랑하는 후배들 요즘 여러분에게서 웃음을 빼앗아 가는 존재는 대체 무엇인가요? 여러분의 표정을 어둡게 만들고 생기를 잃게 하는 존재가 무엇인가요? 지지 마십시오. 그 어떤 것도 여러분의 생기와 웃음을 도둑질하도록 내버려 두지 마십시오. 다시 한 번 강조합니다. 아무리 힘들더라도 여러분의 꿈과 가능성은 포기하지 마십시오.

5월의 시작입니다. 지금은 여러분이 다시 시작할 수 있는 시간입니다. 늦지 않았습니다. 한 번 더 힘내십시오.

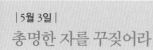

총명한 자를 꾸짖어라

총명한 사람에게는 한마디의 꾸지람이, 미련한 자에게 매 백 대를
때리는 것보다 더욱 뼈저리게 느껴진다.

「잠언」 17 : 10

'괜히 이 말했다가 저 친구가 나를 싫어하면 어떡하지. 에
이, 나 아니더라도 누군가가 이야기하겠지. 괜한 얘기 했다가
사이만 어색해지면 어떻해.'

누군가에게 충고를 하는 것은 정말 힘든 일입니다. 아무리
좋은 이야기라도 자신에 대한 단점을 이야기하는 것을 좋아하
는 사람은 없기 때문입니다. 설사 그 말이 나에게 정말 유익할
지라도 말입니다. 친구들과 사귀다 보면 '아 그 친구가 정말
이런 부분만 고치면 참 좋을 텐데'라고 생각이 들 때가 있을
겁니다. 그러나 그런 생각을 실제로 말하기란 쉽지 않습니다.

그럴 때는 생각해야 합니다. '이 친구는 내 충고를 받아들
일 정도로 속 깊은가? 나는 이 친구와 그런 이야기를 할 만큼
깊은 사이인가?' 이 두 가지를 판단한 후 결정하십시오. 지혜
로운 친구라면 여러분이 그런 이야기를 해 줄 때 여러분을 진

정한 친구로 생각하고 더 많이 사랑할 것입니다. 그리고 두 사람의 우정은 더욱 깊어질 것입니다.

새 학기 시작한 지도 벌써 두 달이 지나갑니다. 1학기 첫 중간고사는 잘 치르셨는지요? 5월은 정말 중요한 시기입니다. 여러분의 부족한 과목을 보충할 수 있는 귀한 시기인 것입니다. 이 시간을 정말 아끼십시오. 『다니엘학습 실천법』을 토대로 정교한 계획으로 5월 하루하루를 비옥하고 알차게 보내십시오. 나날이 발전하는 여러분 자신을 보면서 성장의 기쁨을 알게 될 겁니다. 5월을 승리하는 자가 일 년을 승리합니다.

시간의 소중함

　십대는 인생에서 가장 재미있는 시기입니다. 그러니 매 순간을 소중히 보내시기를 바랍니다. 여기 귀한 후배들과 함께 나누고픈 시가 있습니다.

　　일 년의 소중함을 알고 싶으면,
　　입학시험에 떨어진 학생들에게 물어보라.
　　한 달의 소중함을 알고 싶으면,
　　미숙아를 낳은 산모에게 물어보라.
　　한 주의 소중함을 알고 싶으면,
　　주간지 편집장에게 물어보라.
　　하루의 소중함을 알고 싶으면,
　　아이가 여섯 명이나 딸린 일일 노동자에게 물어보라.
　　한 시간의 소중함을 알고 싶으면,
　　약속 장소에서 애인을 기다리고 있는 이에게 물어보라.
　　일 분의 소중함을 알고 싶으면,
　　기차를 놓친 사람에게 물어보라.
　　일 초의 소중함을 알고 싶으면,

간신히 교통사고를 모면한 사람에게 물어보라.

천 분의 일 초의 소중함을 알고 싶으면,

올림픽에서 은메달을 딴 사람에게 물어보라.

돌이켜 보았을 때 후회 없이 최선을 다해 살았다고 말할 수 있는 여러분이 되시기를 바랍니다.

하루하루 많이 힘들어도 한번 더 꾹 참고 하늘을 한번 쳐다보세요. 힘이 날 것입니다. 실패는 있어도 포기는 안됩니다. 힘내십시오.

|5월 5일|

생명을 보전하는 방법

자기 입을 지키는 자는 생명을 보전할 수 있으나 함부로 지껄여 대는 자는 파멸하게 된다.

「잠언」 13 : 3

'굿 윌 헌팅'이라는 영화를 참 감명 깊게 보았습니다. 꼭 추천하고 싶은 영화입니다. 그런데 이 영화에서는 주인공 대사의 80% 정도가 욕이었습니다. 요즘 청소년들은 대화의 50% 이상을 비속어와 욕으로 구사합니다. 욕이 접속사 구실을 하는 시대가 된 것입니다. 욕을 많이 쓰면 쓸수록 더 절친한 것처럼 오해합니다. 저는 훈련소에서 훈련을 받는 동안 태어나서 처음 들어 보는 욕을 많이 배웠습니다. 교관에게 욕을 자꾸 듣다 보니 훈련받는 우리들도 어느샌가 그 욕을 흉내 내며 서로에게 쓰기 시작했던 것입니다. 욕은 쓰면 쓸수록 엄청난 속도로 는다는 것을 이때 알게 되었습니다.

과연 욕을 쓰는 것이 친구 사이를 더욱 깊게 만들어 줄까요? 여러분은 어떻게 생각하세요? 저는 그렇게 생각하지 않습니다. 오히려 친구 사이는 더욱 피상적으로 바뀔 것입니다. 욕을 많이 쓰면 진정한 우정이 자란다고 착각하지 않기를 바랍니다. 자신도 모르는 사이에 습관처럼 배어 있는 욕이 있다면 오늘부터 줄여 나가기를 강력히 권해 드리고 싶습니다.

한번 입에 밴 습관을 없애기란 정말 쉽지 않습니다. 그러므로 지금부터 교정하지 않으면 이 다음에 어른이 되어서 나도 모르는 사이에 해서는 안 될 말이 나와 어려움과 낭패를 당할 수 있습니다. 지나친 간섭이라 생각하지 마시고 무엇보다 여러분의 언어를 늘 돌아보고 조심하기를 부탁드립니다.

오늘은 5월 5일입니다. 21세기 한국의 꿈나무인 여러분 모두 더욱더 건강하고 아름답게 자라기를 소원하며 기도합니다. 모두들 힘내세요.

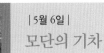
모단의 기차

　비극은 이탈리아와 국경을 맞대고 있는 남부 프랑스 지역의 한 작은 마을 모단에서 시작되었습니다.

　1917년 12월 12일 전선에 처음 배치된 1,200명의 프랑스 군인들이 크리스마스 휴가를 보내기 위하여 고향으로 가는 열차에 승차하고 있었습니다. 때마침 그 지역의 축제 기간이라 여기저기서 즐거운 소리들이 들리고, 열차가 터져 나갈 듯이 올라탄 병사들은 기차를 어서 출발시키라고 소리치고 있었습니다.

　그러나 기관사는 열차를 출발시키지도 않고 기관차에 오르지도 않고 승강장에 서서 출발시키지 못하겠다고 고개만 가로젓고 있었습니다. 기차에 너무나 많은 사람들이 탔기 때문이었습니다. 목적지까지 가는 도중에는 많은 산과 급커브, 가파른 오르막들이 있는데, 이렇게 많은 인원으로 기차를 몰고 간다는 것은 자살 행위나 다름없었지요.

　몇몇 사람이 가서 그 역에서 가장 직위가 높은 사람과 사령관을 데려왔습니다.

　"이게 무슨 짓인가? 기차를 못 움직이겠다니?" 고관들이 소리쳤지요.

"잘 듣게, 자네. 곧바로 기관차로 올라가서 이 병사들을 고향으로 데려가게. 만일에 이 명령을 거부한다면 자넨 총살이야, 알겠나?"

풀이 죽은 기관사는 걱정이 됐지만 어깨를 한번 으쓱해 보이고 명령을 따랐습니다. 기관사는 과적된 기차가 브레이크에 무리를 줄 것이란 걸 알았지만 할 수 없었습니다.

기관사는 조심스럽게 천천히 기차를 몰아 철도 위를 달렸습니다. 속력을 낮춰 달리며 브레이크로 계속해서 속도를 조절했지요. 그러나 30마일도 채 못 가서 브레이크에서 연기가 나기 시작했습니다. '다음 내리막길에서 브레이크가 작동되기 어려울 것 같아!' 라고 기관사가 생각하는데, 기차가 갑자기 속력을 내기 시작하더니 아주 미친 듯이 달리기 시작했지요. 깜짝 놀란 기관사는 증기 공급을 중단시키고 브레이크를 밟았습니다. 그러나 어쩐 일인지 브레이크가 밟히지 않았습니다.

엎친 데 덮친 격으로, 기차 밑에서 연기가 솟아오르더니 화염이 치솟는 것이 보였습니다. 기차 안은 한순간에 아수라장이 됐습니다. 군인들은 무언가 일이 잘못되어 가고 있음을 느꼈습니다. 그러자 어떤 이들은 기도를 하기 시작했고, 또 어떤 이들은 창문을 깨고 뛰어내리다가 그만 죽고 말았습니다. 몇 분이 지나지 않아 그 기차의 속도는 시속 80마일을 넘어섰지요. 이제는 모두 끝장이 난 것이었습니다. 미친 듯이 달려가는 기차는 날카로운 기적 소리를 내며 한 마을 역을 지나쳤습니다. 기관사는 알고 있었지요. 그 역을 지나면, 내리막길로 내려서고 거기에는 급커브가 그들을 기다리고 있다는 것을, 그리고 그곳에서 그들이 죽게 될 것임을….

드디어 기차가 모퉁이에 부딪치고 엔진은 바위에 부딪쳤습니다. 결국 기차는 계곡 아래로 굴러 떨어지고 말았고 떨어진 객실들은 마치 성냥개비를 제멋대로 쌓아 놓은 듯 부서졌습니다. 이 사고로 기관사를 비롯하여 543명의 군인들이 사망했고 243명이 부상당했습니다. 경고를 무시한 결과가 이런 끔찍한 사고를 낳은 것입니다.

아닌 것을 아니라고 말할 수 있는 것은 진정한 리더가 아니면 할 수 없는 일입니다. 만약 기관사가 죽으면 죽으리라는 마음으로 뜻을 확고히 정해 사령관에게 전달했다면 아마 사령관도 생각을 바꾸었을 것입니다. 목숨을 건 기관사의 마음이 사령관에게 틀림없이 전해졌을 것이기 때문입니다.

사랑하는 귀한 후배들, 때로 이건 정말 아닌데 하는 일들을 주변 친구들이 강요하거나 시킬 때가 있을 것입니다. 그럴 때 정말 그 모든 문제를 해결할 수 있는 방법은 바른 길을 목숨 걸고 지키는 일입니다. 이렇게 할 수 있는 청소년이 정말 멋진 청소년입니다. 세상을 변화시킬 수 있는 진정한 리더인 것입니다. 여러분도 이런 사람으로 성장하십시오. 그래서 물질 만능

주의, 성적 지상주의가 판치는 세상을 바르게 잡아 주십시오.

다투기 전에 화해하라

다툼은 댐에 물이 새는 것처럼 사소한 데서 시작된다. 그러므로 싸움이 벌어지기 전에 미리 시비를 그치는 것이 좋다.

「잠언」 17 : 14

오늘의 잠언은 저와 여러분 모두가 잘 아는 말일 것입니다. 작은 오해와 사소한 일이 모여 관계라는 댐에 조금씩 균열이 생기게 합니다. 처음에는 가끔 말다툼을 하다가 시간이 흐를수록 거의 매일 말다툼을 하게 됩니다. 그러다가 간혹 그것이 심한 싸움으로 이어지게 됩니다. 그러면 관계라는 댐에 커다란 구멍이 생기게 됩니다. 결국 엄청난 수압을 견디지 못한 채 댐은 무너지게 되는 것입니다.

부모와 자식 간의 관계는 쉽게 무너지지 않는 댐입니다. 그러나 이 댐 또한 그리 완벽한 것이 아닙니다. 아주 조금씩 수년 혹은 수십 년에 걸쳐 얼마든지 무너질 수 있습니다. 부모님과 대화를 나누는 청소년기가 인생에 있어 가장 소중한 시간이라는 것을 여러분이 나이가 조금만 더 드시면 아시게 될 것입니다.

'혹시 엄마는 이것도 모르면서, 아빠는 나랑 이야기가 안 돼, 구세대면서 어떻게 내 마음을 이해할 수 있어?' 하고 생각하고 있지는 않나요? '어휴, 또 저 소리. 그만 좀 하시지' 청소년 시절엔 부모님이 무슨 말을 해도 왜 그렇게 다 잔소리로 들리는지…. 물론 부모님과 세대 차이가 나는 것은 부인할 수 없는 사실입니다. 친구들을 대할 때처럼 부모님과는 대화가 잘 통하지 않을 수도 있습니다. 그런데 그 모든 차이를 넉넉히 메우고도 남는 것이 부모님에게는 있답니다. 바로 자식에 대한 순수한 사랑입니다. 사랑하는 자식들을 살리기 위해서라면 자신의 목숨조차 아깝지 않다고 생각하는 분들은 이 세상에서 부모님밖에 없다는 사실을 아시는지요? 부모님의 삶을 가만히 돌아보십시오. 그들이 어떻게 희생하며 여러분을 위해 사시는지 일 분만 생각해 봐도 아실 겁니다. 그것이 바로 우리 부모님들의 모습입니다.

여러분 가운데 혹시 부모님과 사소한 일로 관계가 조금씩 금이 가고 있는 사람이 있나요? 오늘 당장 부모님께 짧은 편지를 써 보세요.

'엄마 미안해요, 저번 일은 잘못했어요, 엄마 사랑해요.'

이 세 문장이면 그 어떤 문제도 눈 녹듯 사라질 것입니다.

여러분이 생각하는 것 이상으로 부모님의 마음은 더 넓다는 것을 잊지 마세요.

| 5월 8일 |
엄마 사랑해요

대답 한마디 잘해서 기쁨을 얻는 일은 얼마든지 있다. 제때에 적절한 말을 한다는 것이 얼마나 귀한 일인가!

「잠언」 15 : 23

어머니들은 정말 죽을 만큼 고생해서 자식을 낳습니다. 그리고 그 자식을 키우느라 젊음을 아낌없이 바칩니다. 그리고 어느덧 그가 커서 청소년이 되었습니다.

홀쩍 커버린 아이를 보면서 왠지 어머니들은 서글픔을 느끼게 됩니다. 이제 다 컸다며 어머니를 종종 무시하고 대화가 통하지 않는다며 불평을 늘어놓습니다. 이럴 때면 어머니는 남몰래 힘이 빠집니다. 나이가 들면서 어머니들도 늙습니다. 그리고 폐경기가 지나면 우울할 때가 많아집니다. 가끔은 어머니도 누군가의 따뜻한 격려와 배려를 받고 싶을 때가 있습니다. 여러분은 어머니의 희생과 사랑을 혹 당연시하고 있지는 않지요? 어머니가 만만하다고 함부로 말하고 함부로 행동하고 있지는 않지요?

평생을 갚아도 다 갚을 수 없는 것이 어머니의 사랑입니다. 나이가 드시면서 어머니는 여러분이 무심코 던진 한마디 한마디로 인해 기뻐하기도 혹은 슬퍼하기도 한다는 것을 잊지 마십시오.

오늘 한번 "엄마 사랑해요!"라고 말씀드려 보세요. 어머니께 직접 말씀드리기가 너무 쑥스럽다면 메모를 하나 남겨 드리세요.

'엄마! 속도 많이 썩이고 엄마 마음도 아프게 할 때도 많지만 저는 엄마를 정말 정말 많이 사랑해요, 엄마 힘내세요. 앞으로 열심히 해서 효도할게요.'

여러분의 짧은 메모 하나가 어머니에게 새로운 힘과 용기를 줄 수 있다는 것을 잊지 마십시오. 그리고 적어도 한 달에 한 번은 이런 작은 메모를 보내기로 뜻을 정하시면 어떨까요? 정말 어머니가 행복해 하실 것입니다.

아버지 감사해요

베트남전에서 한쪽 다리와 한쪽 팔을 잃고 돌아온 한 병사가 고향 기차역에 내렸습니다. 회색 머리의 자그마한 여인과 덩치가 큰 남자가 그에게로 종종걸음을 치며 달려갔습니다. 바로 그 병사의 부모님들이었습니다. 아들을 껴안은 어머니는 눈물을 흘렸습니다. 그러나 아버지는 무뚝뚝하게 "네가 돌아와서 반갑구나!"라는 한마디 말만 했을 뿐이었지요. 돌아오는 길에도 부자는 거의 말이 없었습니다.

집에 도착해서, 아들과 어머니는 잠시 부엌에서 대화를 나누었습니다.

"어머니, 난 아버지가 내 모습에 실망을 하셨다는 거 알아요. 엄마도 보셨잖아요. 역에서 아버지가 어떠셨는지…. 남들처럼 목 메여 하시지도 않으셨다구요. 하지만 물론 알아요. 아버지는 절 여전히 사랑하시고 있다는 걸요. 아마도 사랑하시겠죠. 그러나 아버진 절대로 흥분하지 않으시잖아요. 아버지는 너무 냉정하세요. 제가 장군이 되어 오길 바라셨나 보죠?"

아들의 말에 어머니가 말했습니다. "얘야, 아버지는 너를 너무 사랑하신단다. 그걸 알아야 돼."

"알아요. 하지만 지금 아버진 어디 계시죠?"

다시 어머니가 말했습니다. "아버진 밖에 계시다. 그러지 말고 집 안을 한번 돌아다녀 보렴. 나와 아버지가 네가 다니기 편하게 집을 손봤단다."

아들이 부엌을 나가자, 어머니는 뒷문으로 나가 차고로 가 보았습니다. 짐작했던 대로, 차고의 열린 문틈으로 아버지가 무릎을 꿇고 있는 모습이 보였습니다. 덩치 큰 아버지는 의자를 제단 삼아 기도하고 있었습니다.

"하나님, 정말로 감사합니다. 그때는 딱히 빌 데도 없고 해서, 하나님께서 긍휼을 베푸시어 아들이 무사히 돌아오도록 빌었습니다. 근데 이제 아들이 무사히 돌아왔으니, 참으로 감사드립니다. 아들을 무사히 돌려보내 주심을 다시 한 번 감사, 또 감사드립니다."

기도를 마친 아버지가 서서히 일어서는 모습을 본 어머니는 다시 부엌으로 돌아왔습니다.

"제 방이 아주 멋져졌네요. 어머니, 아버지가 어디 계시죠?"

"집 안 어딘가에 계시겠지. 뭐 좀 하시느라 안 보이시는 걸 거야." 어머니가 말했습니다.

예로부터 아버지들은 당신들의 감정을 드러내지 않는 것을 좋게만 여기셨습니다. 왜일까요? 우리 사회에서 아버지는 과묵하고, 강하고, 남자다워야 한다는 통념이 있기 때문입니다.

하지만 이제는 아버지들도 느끼는 그대로를 표현하여 가족에 대한 사랑과 염려를 자연스레 나타내 보일 수 있어야 합니다. 또한 여러분도 아버지에 대한 사랑의 표현을 아끼지 말아야 합니다.

우리 아버지는 다른 아버지들보다 좀더 좋은 아버지여야 한다고 생각하는 분들이 있다면 혹시 최근에 아버지를 기쁘게 해 드리기 위해 작은 무엇이라도 한 적이 있는지 생각해 보세요. 여러분을 위하여 일하시는 아버지께 감사하다는 말씀을 드려 본 일은 있는지 생각해 보십시오.

이 글을 볼 때마다 저는 환갑이 넘으셨고 무더운 여름, 교통사고 후유증으로 몸도 성치 않으신데 조그만 사무실에서 열심히 일하시는 아버지의 모습이 떠오릅니다. 아무리 생각해 봐도 지금까지 아버지께 해 달라는 말만 많이 했지 무언가 해 드린 것이 없습니다. 이것은 지금 제 나이에도 부끄러운 고백입니다.

5월은 '가정의 달'이라고는 하지만 이름에 걸맞지 않게 공허할 때가 많습니다. 이래저래 행사는 많은데 마음속 깊이 다가오질 못하네요. 오늘은 시간을 내어 그동안 아버지께 감사한 일을 열 가지만 써 봅시다. 그리고 좀 어색하더라도 꼭 아버지 주머니에 넣어 주세요. 그것만큼 큰 효도도 없을 것입니다.

황금의 계절 5월, 놀 때 놀고 공부할 때는 확실히 공부해야 합니다. 오늘도 전심전력으로 파이팅입니다.

| 5월 10일 |

미안하다고 말하라

미안하다고 말하십시오. 소리를 질렀거나, 과장된 행동을 했거나, 실수를 했을 때, '미안해' 라는 말 한마디가 깨지기 쉬운 인간관계를 다시 돈독하게 할 수 있습니다. 그러나 "내가 잘못했어", "사과할게", "미안해" 같은 말을 하는 것은 생각만큼 쉬운 일은 아닙니다. 특히 부모님께 사과하는 것은 어렵습니다. 부모님은 아이들이 무슨 생각을 하고 있는지 모르고 있는 경우가 많기 때문입니다.

17세 여학생 레나가 다음과 같은 글을 저에게 보내왔습니다.

저는 제 사과 한마디가 저희 부모님께 무엇을 의미하는지 경험을 통해 잘 알고 있습니다. 제가 실수를 인정하고 사과하기만 하면 부모님은 모든 것을 용서해 준답니다. 하지만 그렇게 하는 것이 꼭 쉽지만은 않아요.

최근에 엄마가 제가 하는 행동이 마음에 들지 않는다고 말씀한 적이 있습니다. 저는 엄마에게 잘못을 시인하기는커녕 쓸데없는 소리 하지 말라고 소리를 지르고는 방문을 꽝 닫고 나와 버렸습니다.

그러고 난 후 제 방에 왔을 때는 마음이 편칠 않았습니다. 모든 것이 제 잘못인데 엄마에게 너무한 것이 아닌가 하는 생각이 들었어요. 그냥 잠자리에 들어 모든 것이 지나가 버리기를 기다려야 하는 건지, 아니면 올라가서 사과를 해야 하는 건지 갈등이 생겼습니다. 결국 2~3분 정도 기다린 후에, 곧장 안방으로 올라가서 엄마를 꼭 껴안았습니다. 그러고는 무례하게 행동해서 미안하다고 이야기했습니다.

지금 생각해도 제가 했던 일 중에 그 일이 제일 잘한 일이 아니었나 생각합니다. 곧 아무 일도 없었다는 듯이 모든 것이 정상으로 돌아왔어요. 또한 금방 기분이 좋아져서 다른 일을 할 수 있었습니다.

자존심 때문에, 혹은 용기가 없어서 미안하다는 말을 못해서는 안 됩니다. 직접 사과를 해 본다면 그것은 생각만큼 두려운 일이 아님을 알게 될 것입니다. 미안하다고 말하고 나면 마음이 금방 가벼워지게 될 것입니다.

사과 한마디는 또한 상대방의 마음도 누그러뜨려 줍니다. 한번 상처를 받은 사람은 다음 번에는 공격적으로 변하게 마련인데, 먼저 사과하면 상대방의 공격성을 완화시킬 수 있는 것입니다. 살다 보면 누구나 실수는 하게 마련입니다. 실수할 때마다 미안하다는 말을 하는 습관을 기르시길 바랍니다.

5월도 시작한 지 열흘이 다 지나가네요. 그동안 시간을 낭비한 친구들에게 5월은 방학 다음으로 실력을 향상시킬 수 있는 절호의 기회입니다. 놀 때 놀더라도 공부할 때는 꼭 인내하며 끝까지 최선을 다하기를 부탁드립니다.

| 5월 11일 |
우정을 지키는 방법

당신 집 뒷마당에 당신 친구들의 결점을 묻어 둘 만한 적당한 크기의 묘지를 하나 만들어 놓도록 하라.

비처 H.W.Beecher

사랑하는 귀한 후배들, 이제 중간고사도 다 끝나고 홀가분한 마음으로 5월의 여유를 즐기고 계신지요? 여러분에게 인생의 선배로서 꼭 해 주고 싶은 말이 있습니다. 바로 '인간은 완벽하지 않다.', '인간은 불완전한 존재이다.' 그것을 인정하고 받아들이십시오. 그럴 때 친구의 결점을 이해할 수 있으며 우정을 지킬 수 있습니다.

우정을 지킨다는 것은 정말 쉬운 일이 아닙니다. 하지만 비처의 이야기를 귀담아듣고 마음에 새길 수만 있다면 가능할 수도 있다고 생각합니다. 사랑하는 귀한 후배들, 꼭 무덤 하나씩을 만들어 놓기로 합시다. 필요하다면 두 개도 좋습니다.

오늘 하루도 힘내시길 바랍니다.

|5월 12일|

부모님을 이해하라

자식을 훈계하는 데 주저하지 말아라. 채찍으로 때려도 죽지 않는다. 오히려 그를 채찍으로 벌하면 그의 영혼을 죽음에서 구하게 된다.

「잠언」 23 : 13~14

여러분의 부모님은 여러분을 어떻게 혼내시나요? 어떤 부모님은 감정을 억제하지 못하고 무차별적으로 혼을 내십니다. 또 어떤 부모님은 매를 사용하지 않고 야단을 치시기도 합니다. 또 다른 어떤 부모님은 너무 바빠서 혼내는 일조차 하지 않는 분도 계십니다.

부모님께 혼이 날 때 그 순간은 참 괴롭고 싫습니다. 부모님 얼굴조차 두 번 다시 보고 싶지 않을 수도 있습니다. 그런데 나이가 들면서 느끼는 것 중 하나는 나에게 애정을 가지고 꾸중을 하는 사람은 부모님밖에 없다는 것입니다. 그리고 더욱더 가슴이 아픈 것은 부모님이 나이가 들면서 때릴 힘조차 없을 정도로 많이 약해지신다는 겁니다.

부모님도 인간이기에 때로는 화를 잘 억제하지 못한 채 혼을 낼 수도 있습니다. 그렇지만 그런 마음의 중심에는 여러분을 사랑하는 마음이 있다는 것을 잊지 마십시오. 그렇기 때문에 우리는 혼내는 부모님을 이해할 필요가 있습니다. 그분들도 이제는 여러분의 이해와 사랑, 그리고 격려가 필요할 때입니다.

하루하루 마음관리에 힘써라

날마다 자주 자신의 몸가짐과 마음가짐을 살펴보아, 마음이 가다
듬어져 있는가, 공부가 진전되고 있는가, 행하는 데 힘쓰고 있는
가를 점검해서 고칠 점이 있으면 고치고 없으면 더욱 부지런히
노력하여 죽는 날까지 게을리하지 말아야 한다.

이이李珥

대부분의 학교들이 이제 중간고사가 끝났습니다. 중간고
사도 끝났고 계절도 황금의 계절인 5월이고 '아, 기분이다'
하면서 열심히 노는 친구들이 많습니다. 하지만 겨울방학을
제대로 보내지 못한 친구들에게 5월은 최고의 선물이 될 수
있습니다. 자신이 그동안 게을리 보냈던 시간에 대하여 5월
공부를 통해 만회가 가능하기 때문입니다.

그런데 대부분의 학생들은 이 기간을 주로 노는 것으로 할
애해 버립니다. 놀 때는 놀지만 공부해야 하는 시간은 지켜야
합니다. 공부하는 시간을 지키지 않고 놀기만 한다면 재미도
별로 없을 뿐더러 '내가 왜 그때 놀았을까' 하며 후회하게 될
것이기 때문입니다.

저는 이이 선생님의 이 글을 볼 때마다 늘 제 자신을 다시 돌아보려 합니다. 마음관리는 매일 꾸준히 하지 않고 순간 방심하면 제자리로 돌아갈 때가 많습니다. 이것은 마치 역류를 거슬러 가다가 순간 노를 젓지 않으면 다시 뒤로 물러나는 것과 같습니다. 아무리 놀고 싶고 즐기고 싶어도 지킬 시간은 꼭 지켜야 합니다.

여러분 매일매일 마음관리를 충실히 하고 계신지요? 혹시 5월의 유혹에 빠져 너무 노는 데만 시간과 마음을 주지는 않나요? 그렇다면 오늘 새롭게 뜻을 정해 마음관리를 다시 시작해 보세요. 아침 마음관리 시간과 저녁 마음관리 시간을 통해 여러분의 몸과 마음이 새로워짐을 다시 경험하세요. 시험 준비 기간에만 바짝 긴장하여 마음관리하지 마시고 평소에 미리미리 훈련하시기를 부탁드립니다.

온 세상이 파랗게 되고 있습니다. 귀한 시간입니다. 저는 여러분이 공부만 하는 것을 원하지 않습니다. 놀 때는 확실히 놀고 공부할 때는 확실히 하는 그런 멋진 청소년들이 되기를 원합니다. 그러기 위해서 가장 근본이 되는 마음의 힘을 잘 기르기를 부탁드립니다. 오늘 하루도 힘내세요.

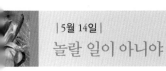

놀랄 일이 아니야

'난 이미 글렀어.', '어차피 지금부터 공부해도 내가 원하는 학교에 못 갈 거야.', '어차피 원하는 대학 못 갈 바에는 될 대로 되라지.', '난 왜 이렇게 다재다능하지 못할까?', '저 친구는 저렇게 모든 것을 잘하는데.', '왜 난 이렇게 가난한 집에서 태어난 거야.', '왜 난 매일 싸움만 하는 이런 집안에서 태어난 거야.'

이러한 말들로 우리는 자신의 게으름이나 미처 행동이 따라가지 못해 놓친 일들을 변명하고 싶어합니다. 환경만 탓하고 노력은 소홀히 합니다. 저 역시 몸이 아파 너무 힘들 때면 말합니다. '왜 나는 이렇게 아플까?' 바로 그때 저는 참 힘이 나는 글을 읽게 되었습니다. 〈월 스트리트 저널〉에 핸리 립시그에 대하여 다음과 같이 흥미로운 기사가 실린 적이 있습니다.

헨리는 86세라는 고령에도 법률 회사를 차렸습니다. 60년이 넘도록 뉴욕 시에 있는 법률 회사에서 의뢰인들을 관리하는 일을 도왔던 그가 이제는 자신의 법률 회사를 차린 거지요. 첫 사건 의뢰가 들어왔습니다. 그런데 이 의뢰는 흔히 접하는 그런 의뢰들과는 많이 달랐지요. 이 사건은 한 여인이 뉴욕 시를 상대로 소송을 건 사건이었습니다. 여인의 남편은 71세로, 술에 취한 경찰이 모는 순찰차에 치여 생계의 위협을 받았지요.

이 일로 소송을 건 여인은 자신의 남편이 사고로 잃어버린 미래의 잠정적인 수입을 보장해 줄 것을 뉴욕 시에 요구하였습니다. 뉴욕 시는 71살이나 되는 고령의 노인에게 무슨 미래의 잠정적인 수입이 있을 수 있냐고 맞받아쳤지요. 뉴욕 시는 그 소송에서 반드시 이길 것이라고 확신했습니다. 그러나 뉴욕 시는 그 소송이 정력적인 88세의 변호사가 맡고 있다는 것을 알고는 그 여인과 125만 달러에 합의를 보았습니다

이와 같이 우리가 어떻게 뜻을 정해 선택을 하느냐에 따라, 우리가 갖게 되는 태도도 달라집니다.

로마의 어떤 장군은 간첩 활동을 하다가 붙잡혀 유죄 판결을 받은 간첩들을 처벌할 때 두 가지 처벌 가운데 하나를 선택하도록 했습니다. 하나는 처형대이고, 다른 하나는 검은 문이었습니다.

어느 날 법정에서 유죄 판결을 받은 한 간첩에게 그 장군은 선택권을 주었습니다. 간첩은 처형대를 선택했고 곧이어 끌려나가 사형에 처해졌습니다. 집행이 끝나고 다시 집무실로 돌

아오자 부관이 장군에게 물었습니다.

"검은 문 뒤쪽에는 무엇이 있습니까?"

"자유가 있네." 장군의 대답이었습니다. "거의 모든 이들이 미지의 것을 선택하기를 두려워하지. 그것이 죽음에 관한 일이라면 더욱 그러하다네."

도전해 보지 않고 상처받기 싫어 포기하려는 청소년들이 있습니다. 너무 힘들어서 그냥 주저앉으려는 친구들이 있습니다. 많이 힘들어서 그럴 것입니다. 그러나 자포자기는 하지 마십시오. 잠시 쉬더라도 포기는 절대 안 됩니다. 여러분이 포기하면 이 세상은 더욱 어두워집니다. 그러나 여러분이 힘들어도 다시 뜻을 정해 앞으로 나아가면 이 세상은 밝아집니다. 그리고 여러분의 용기 있는 결단으로 수많은 여러분의 후배들이 다시 용기를 얻게 될 것입니다. 다시 시작해 보세요.

선생님 정말 감사합니다

친절한 말은 꿀 송이와 같아서 마음을 흐뭇하게 하고 건강에도 좋다.

「잠언」 16 : 24

대학교에 막상 입학해 보니 정말 세상은 넓고 인재도 많다는 것을 실감할 수 있었습니다. 전국에서 모인 수재들을 보면서 정말 나는 이들과 비교가 안 된다는 생각이 저절로 들었습니다. 그 속에서 저는 마치 제 스스로가 거인 앞에 붙어 있는 메뚜기 한 마리 같다고 느꼈습니다. '내가 그동안 좁은 우물 안에 살았구나!' 하는 생각이 절로 들었습니다.

1학년을 마치고 2학년 새 학기 첫날 한국 종교학계의 큰 스승이신 윤이흠 교수님께서 저를 부르셨습니다. 그리고 제 인생에서 잊혀지지 않는 말씀을 해 주셨습니다.

"지금까지 교수 생활하면서 서울대에서 수많은 우수한 학생들을 가르치고 봐 왔네. 그런데 자네만큼 샤프하고 뛰어난 학생은 본 적이 없네. 열심히 공부하게. 최고의 석학이 될 수 있을 걸세. 나도 많이 도와줌세." 존경하던 스승에게서 이런 격려를 들었습니다.

　다음 날 평소처럼 새벽 4시 30분에 일어나서 저는 다짐을 했습니다. 그런 평가를 해 준 스승의 기대에 어긋나지 않겠다고 말입니다.

　'메뚜기 콤플렉스에서 벗어나자. 정말 해보는 거다. 새롭게 마음을 가다듬어 더욱 정진하자. 정말 그런 평가가 결코 틀리지 않다는 것을 실력으로 입증하자.'

　저는 그때부터 정말 제대로 공부를 해 본 것 같습니다. 정말 열심히 했습니다. 오늘의 제가 있을 수 있었던 것은 훌륭한 은사들 가운데서도 특히 윤교수님이 해 주신 말씀 때문입니다. 시간이 흐를수록 더욱 감사함을 느낍니다. 친절하고 따뜻한 격려의 말 한마디가 이렇게 큰 힘이 되는 것입니다.

　그 뒤로 저는 역시 희망 공부방에서 학생들에게 희망과 격려를 주고자 더욱더 힘쓰게 되었습니다. 저처럼 메뚜기 콤플렉스에 빠진 후배들에게 새로운 희망과 격려를 줄 수 있는 그런 선배가 되고 싶습니다. 오늘은 스승의 날입니다. 오늘 오후에는 스승님들에게 인사드리고 감사를 전하려 합니다. 여러분도 꼭 잊지 마세요.

|5월 16일|
몸과 마음을 소중하게

아래에 나오는 이이의 글이 21세기를 살고 있는 우리에게 너무 지나친 것이 아닐까라는 생각이 들 수 있습니다. 그러나 나이가 조금씩 들면서 느끼는 것은 애초부터 좋은 습관을 들이는 것이 좋다는 생각입니다.

이성 교제에 대하여 여러분의 기준이 이제는 정립되어야 할 때입니다. 언제, 어떻게, 누구와 만날 것인가에 대해 신중히 생각하고 결정해야 합니다. 그렇게 해야 5월의 달콤한 유혹으로부터 지혜롭게 대처할 수 있을 것입니다.

예가 아니면 보지 말고, 예가 아니면 듣지 말며, 예가 아니면 말하지 말고, 예가 아니면 행동하지 말라. 이 네 가지는 몸을 닦는 데 중요한 것이다. 예와 예가 아닌 것을 처음 공부하는 사람이 구별하기는 어렵겠지만, 모름지기 이치를 궁구하여 밝혀서 아는 것만이라도 힘써 행하면 반쯤은 된 것이다.

5월의 한복판에 우리는 초대되었습니다. 5월이라는 계절은 참 신비한 힘이 있습니다. 5월은 사람들의 몸과 마음의 긴장을 자기도 모르는 사이 풀어지게 만듭니다.

특히 이 계절은 이성에 대한 관심을 굉장히 많이 가지게 만드는 계절입니다. 많은 학생들이 바로 이때 미팅과 소개팅을 합니다. 인터넷 채팅을 통한 이성 교제도 활발합니다.

중·고등학생들 가운데 5분의 1이 성 경험이 있다고 합니다. 이들의 이성 교제가 대학생들의 이성 교제와 별다를 바가 없는 것입니다. 공부에 대한 중압감이 가중되면서 이성 교제를 통해 그것을 잊으려는 학생들이 많습니다. 인터넷 채팅을 통해 오프라인에서 직접 만나 맘에 들면 바로 섹스를 하는 일들이 너무 흔합니다. 그리고 이러한 섹스를 통해 공부에 대한 중압감과 미래에 대한 막연한 불안감을 극복하려고 합니다. 이런 일들을 한 번, 두 번 반복하다 보면 나도 모르게 거기에 중독되어 갑니다.

그 결과 너무 일찍 성에 눈을 뜬 청소년들이 성매매에 자발적으로 자신을 허용하게 됩니다. 자기가 원해서 자신의 성을 판매합니다. 용돈이 필요해서 혹은 명품 옷과 액세서리를 사기 위해서 인터넷에 자신의 성을 판매합니다.

요즘 여러분의 상태는 어떤지요? 혹시 인터넷 포르노에 중독되어 거의 매일 그것을 보지는 않나요? 혹시 섹스에 탐닉되어 있지는 않는지요?

사랑하는 귀한 후배들, 그런 마음 상태로는 정상적인 생활이 불가능합니다. 공부를 해도 머리에 잘 들어오지 않습니다. 내면 세계가 더욱 거칠고 황폐해져 갈 뿐입니다.

특별히 여학생들에게 꼭 말씀드립니다. 채팅을 통해 만난 남자의 90% 이상이 섹스를 원합니다. 채팅을 통해 만난 이성과 단둘이 노래방에 가는 것을 조심하십시오.

혹시 단둘이 갈 경우, 육체적인 접촉의 강도가 점점 심해질 때 그것을 한방에 그만두게 만드는 방법이 있습니다. 그럴 때는 "하지마, 싫어" 이 이야기보다는 "너 이러려고 나 만나자고 했어? 난 널 이렇게 보지 않았는데… 넌 나에게 이러려고 나 보자고 했냐구!" 이 말 한마디면 남학생은 정신이 번쩍 들 것입니다.

지혜롭게 자신의 몸과 마음을 지키며 시간을 소중히 아름답게 가꾸시기를 부탁드립니다. 여러분 모두 오늘 하루도 몸과 마음을 소중하게 가꾸며 여러분의 소중한 꿈과 희망을 잘 준비하는 멋진 청소년으로 자라나기를 기원합니다. 모두 힘내세요.

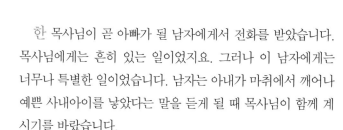

어머니께서 돌아가시고 난 뒤에

한 목사님이 곧 아빠가 될 남자에게서 전화를 받았습니다. 목사님에게는 흔히 있는 일이었지요. 그러나 이 남자에게는 너무나 특별한 일이었습니다. 남자는 아내가 마취에서 깨어나 예쁜 사내아이를 낳았다는 말을 듣게 될 때 목사님이 함께 계시기를 바랐습니다.

그런데 한 가지 충격적인 사실이 일어나게 되었습니다. 그것은 바로 아기에게 귀가 없었다는 것입니다.

병원에 도착해서 목사님은 바짝 긴장한 그 남자와 의사와 함께 병실로 들어갔습니다. 그곳에는 힘겨운 산고 뒤 마취에서 깨어나 누워 있는 산모가 있었습니다. 의사는 그 아이의 귓구멍과 귀 안에 청각 기관들이 다 갖춰져 있으므로, 듣는 데는 아무 이상이 없다고 말했습니다. 다만 외부에 귓바퀴가 없을 뿐이므로 성장에는 아무런 문제가 없고, 성인이 된 뒤 적당한 기증자만 찾아서 수술을 받으면 된다고 했습니다.

그렇게 세월은 흘러, 어느덧 아이가 자라서 학교에 들어가게 되었습니다. 하지만 이 작은 아이에게 학교 생활은 너무나 힘들었습니다. 수도 없이 많은 날을 울면서 학교에서 돌아오곤 했습니다.

"애들이 내가 병신이래요." 그 아이를 놓고 많은 애들이 수군거리고 조롱하고 흘겨보며 별명을 부르곤 했습니다. 또한 이후에 중학교와 고등학교에서 겪었던 일들은 그 아이에게 더욱 쓰라린 것이었습니다.

그러나 이후 의젓한 젊은이가 된 아이는 그러한 환경에 적응하게 되었으며, 그러한 비난들에 잘 대처하였습니다. 그는 공부도 잘해 장학생으로 대학에 들어가 지리학을 공부하게 되었습니다.

어느 봄날, 그의 아버지가 그에게 전화를 했습니다. 그에게 귀를 기증해 줄 사람을 찾았다는 것이었습니다. 수술이 그해 여름에 있으니 수술을 받기 위해 집으로 올 계획을 세우라는 것이었습니다.

드디어 젊은이는 수술을 받았고 다행히도 수술은 성공적이었습니다. 가을에 학교로 돌아간 그 젊은이는 뛸 듯이 기뻤습니다. 이제 그가 받은 아름다운 귀로 그의 앞날은 전혀 새로운 날들이 된 것이지요. 대학을 우등생으로 졸업한 그 젊은이는 미드 웨스트에서 직업을 갖게 되었습니다. 부모들은 그런 그를 무척 자랑스러워했습니다.

그러던 어느날, 아버지가 전화를 해서 어머니가 심장 마비로 쓰러졌으니 빨리 돌아오라고 연락을 했습니다. 그래서 그 즉시 비행기로 고향에 돌아왔지만 어머니는 이미 이 세상 분이 아니었습니다. 다음 날 장례식장에서 아버지는 아들을 데리고 어머니의 관으로 가서 어머니의 머리카락을 넘겨 아들에게 보여 주었습니다. 그런데 이게 웬일인가요! 누워 계신 어머니의 귀가 없는 것이 아니겠습니까? 그렇습니다. 바로 그 젊은이의 어머니가 자신의 귀를 아들에게 주었던 것입니다.

저는 왠지 이 글을 볼 때마다 자꾸 눈물이 납니다. 그리고 정말 주어진 시간 동안 열심히 살아야겠다는 생각이 듭니다. 여러분도 마음이 따뜻한 실력자로 성장하시기를 바랍니다.

마음의 즐거움이 가진 힘

마음의 즐거움은 표정을 밝게 하고 근심 어린 마음은 심령을 상하게 한다.

「잠언」 15 : 13

우리는 어떨 때 즐겁고 또 어떨 때 근심 어린 마음을 가지게 될까? 흔히 우리들은 모든 일이 순조롭게 내 뜻대로 잘되면 즐겁고 그렇지 않으면 근심이 생긴다고 생각합니다. 과연 그럴까요? 그렇다면 세상만사가 꼭 내가 원하는 대로만 움직일까요? 대답은 '그렇지 않다' 입니다. 설사 내 뜻대로 모든 일이 이루어진다고 해도 과연 근심은 전혀 없고 항상 즐거움만이 우리 마음속에 존재할 수 있을까요? 대답은 '그렇지 않다' 입니다.

외부 상황에 따라 인간의 마음이 어느 정도 영향을 받는 것은 사실입니다. 그러나 그것이 절대적인 것은 아닙니다. 아무리 외부 상황이 좋고 모든 일이 잘 풀려도 마음이 항상 어둡고 우울한 사람이 있습니다. 반면 별로 좋은 일도 없는 것 같은데 어떤 사람은 얼굴 표정이 밝고 무언가 알지 못하는 기쁨이 서려 있습니다. 왜 그럴까요? 도대체 그런 사람에게는 무슨 비밀이 숨겨진 것일까요?

어떤 일이 있을 때 그것을 받아들이는 마음가짐에 따라 똑같은 일도 한 사람에게는 즐거움이 될 수도 있고 다른 사람에게는 근심이 될 수 있습니다. 우리가 무엇에 행복의 기준과 마음의 기쁨을 두느냐에 따라 똑같은 상황에서도 다르게 느낄 수 있는 것입니다.

새해 첫 중간고사가 이제 끝났습니다. 혹시 생각만큼 성적이 나오지 않아 의기소침해 있지는 않나요? 자신이 왜 그런 성적을 받았는지 딱 10분만 생각해 보세요. 그리고 명확한 이유를 발견하시면 그것을 적으십시오. 그리고 다음번 시험에는 또 같은 실수를 반복하지 않도록 노력하십시오. 이렇게 하는 것으로 여러분은 여러분의 실패를 성공의 디딤돌로 만들 수 있습니다. 너무 오래 의기소침하지 마세요. 역전의 기회는 많습니다. 마음을 더욱 굳게 먹고 긍정적으로 상황을 바라보시기 바랍니다.

가장 어리석은 선택

여자가 미인이기 때문에 결혼하는 것은 마치 겉에 칠해진 페인트 색깔만 보고 집을 사는 것과 같다.

물론 남자의 경우도 마찬가지겠지요. 사랑하는 귀한 후배들, 겉모습이 전부가 아닙니다. 마음이 아름다운 사람을 만나세요. 그 가치는 온 세상보다 귀하답니다.

요즘 외모를 비관해 자살하는 친구들이 늘어 가고 있습니다. 참 슬픈 일입니다. 오죽 힘들면 그렇게 했을까 이해가 조금은 되기도 하지만 조금만 새롭게 마음을 먹고 자신이 가진 내면의 아름다움을 알 수만 있었다면 그렇게 젊은 나이에 세상을 떠나지는 않았을 것입니다.

이제 중간고사도 끝나고 본격적으로 미팅과 소개팅을 많이 하실 텐데 외모에만 여러분의 마음이 움직이지 않기를 간절히 부탁드립니다.

내면의 아름다움에 좀더 집중하는 지혜롭고 멋진 후배들이 되시길 간절히 바랍니다.

난 특별해

아무리 출신 성분을 자세히 살펴봐도 빅토르가 뭔가 특별한 학생이었으리라고 생각되는 구석은 없었습니다. 도리어 그는 일반 학생들보다 약간 떨어지는 학생이었으며 게다가 문제아였습니다. 그의 나이 15세가 되었을 때, 고등학생이던 그에게 선생님은 "빅토르 세리비리아르코프는 열등생이야!"라고 말했으며 학교를 그만두고 나가서 장사나 배우는 것이 더 나을 것이라고 했습니다.

그 말을 받아들인 빅토르는 학교를 그만두었으며 장사를 배우기 시작했습니다. 그 뒤 17년간을 이 직업, 저 직업 떠돌며 전전하였습니다. 목적도 없이 떠도는 그의 삶은 마치 자신은 열등생이라는 사실을 증명이라도 하는 듯했습니다.

그러나 그의 나이 32세가 되던 해 그의 인생을 완전히 바꾸어 놓는 아주 놀라운 일이 벌어졌습니다. 그해 그는 어디서, 무슨 동기로, 누구에게인지는 몰라도 아이큐 테스트를 받았던 것입니다. 그 결과 사람들은 그가 아이큐 161인 천재임을 알았습니다. 보통 사람들의 아이큐가 90~110인 것을 생각할 때 정말 놀라운 일이 아닐 수 없었습니다.

그날 이후로 빅토르의 모든 것이 바뀌었습니다. 그가 진짜 천재처럼 행동하기 시작했던 것입니다.

오늘날 그는 저명인사가 되었습니다. 방랑자의 삶을 버리고 아주 성공적인 사업가가 되었으며, 책도 여러 권 저술했고, 여러 가지 새로운 것을 발명하여 특허도 받았습니다. 또한 그는 아이큐가 140 이상인 사람들만 들어갈 수 있는 국제멘사협회 의장이기도 합니다. 자기 자신이 누구인가를 깨달은 바로 그 순간 빅토르는 완전 다른 사람으로 바뀐 것입니다.

빅토르의 예에서도 보듯이, 우리가 스스로를 바라보는 시각에 따라 자신이 결정된다는 것을 아십니까? 그러나 우리는 흔히 특별한 사람이 우리를 어떻게 평가하느냐에 따라 우리 자신을 바라보는 시각이 달라지곤 하지요. 우리는 특정한 사람이 하는 말을 듣고 그대로 행동하기 시작합니다. 즉, 자신이 실패자라고 믿으면 실패자처럼 행동하고, 저능아라고 생각되면 저능아처럼 행동하는 것입니다.

오늘은 가만히 자신에 관해서 생각해 보세요. 5월의 푸른 하늘을 바라보며 과연 나는 어떤 존재인지에 대해 진지하게 생각해 보세요. 여러분은 아주 특별한 존재랍니다. 아시죠? 여러분의 가능성, 꿈, 희망을 세상의 기준으로 단정하지 마세요. 소위 말하는 객관적이라는 말 역시 주관적이랍니다.

5월도 벌써 반이 훌쩍 지났네요. 부족한 영어, 수학 공부는 잘되고 있나요? 일찍 자고 일찍 일어나기 많이 힘들죠? 그래도 포기하시면 안 됩니다. 이제 본격적인 기말고사 준비가 시작되기 전까지는 최선을 다해 부족한 영어, 수학 공부를 부탁드립니다.

|5월 21일|
진정한 명품

쾌락을 좋아하는 사람은 가난하게 되고 술과 사치를 좋아하는 사람도 부하게 되지 못한다.

「잠언」 21 : 17

청소년들 사이에서도 명품은 어떻게 해서든지 가지고 싶은 존재가 되었습니다. 명품 옷을 위해 원조 교제를 하는 예가 이제는 흔합니다. 또한 명품을 사기 위해 주유소, 패스트푸드점에서 아르바이트를 하는 경우도 허다합니다.

청소년들이 명품을 좋아하는 이유는 다양합니다. 가지고 다니면 폼이 나니깐 한마디로, 웬지 내가 남들보다 무언가 월등하고 나은 존재임을 보여 주려고 하는 마음 등이 그것입니다. 무언가를 더 많이 소유한다고 해서 내가 남들보다 월등하게 되는 것은 아니지만 현대 물질 중심주의 사회에서는 명품에 대한 인식을 세뇌시킵니다.

명품 신발, 명품 옷, 명품 구두, 명품 가방이 없더라도 청소년 시절 주어진 시간을 비옥하게 보내는 사람이 진정한 명품입니다. 여러분 모두 한 사람 한 사람이 이 지구상에 단 하나밖에 없는 명품인 것입니다. 자신의 존귀함과 가치를 하루라도 빨리 깨달으십시오. 그리고 자신에게 주어진 특별한 나만의 재능을 더욱더 부지런히 갈고 닦아 진정한 명품이 무엇인지를 보여 주기 바랍니다.

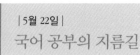

국어 공부의 지름길

책을 읽을 때는 반드시 한 가지 책을 숙독하여 그 뜻을 다 알아서 완전히 통달하고 의문이 없게 된 다음에야 다른 책을 읽을 것이요, 많은 책을 읽고 많이 얻기를 탐내어 부산하게 이것저것 읽지 말아야 한다. 무릇 책을 읽는 사람은 반드시 단정히 앉아 삼가 공경하여 책을 대하며, 마음을 오로지 하고 뜻을 극진히 하여 글의 의미를 정밀하게 이해하고 깊이 생각할 것이며, 구절마다 반드시 실천할 방법을 찾아야 한다. 만일 입으로만 읽어서 마음으로 체득하지 못하고 몸으로 실행하지 못한다면, 책은 책이고 나는 나일 뿐이니 무슨 이로움이 있겠는가?

이이李珥

만약 이이 선생님의 글처럼 독서를 할 수만 있다면 얼마나 좋을까요? 청소년기에 독서만큼 귀중한 것은 드뭅니다. 아래의 글을 깊이 생각하시면서 독서를 습관화하기를 간곡히 부탁드립니다.

국어 공부법에 대해 많은 학생들이 제게 질문을 합니다.

"어떻게 하면 국어 점수를 올릴 수 있나요? 선생님, 국어 공부를 열심히 했는데도 왜 점수가 잘 오르지 않나요? 정말 문제집도 많이 풀고 자습서도 많이 보았는데 왜 점수는 제자리일까요? 언어 영역 점수가 너무 나오지 않아요? 무슨 방법이 없을까요?"

이 모든 것들의 정답은 바로 독서입니다. 꾸준히 독서를 하는 것이 가장 좋습니다. 고 3을 제외한 나머지 학년의 학생들은 『다니엘학습 실천법』에서 제가 말씀드린 대로 하루 1시간씩 꼭 독서를 꼭 하십시오. 그렇다면 어떤 책을 보냐구요? 자세한 방법은 실천법을 참조하시길 부탁드리며 여기서는 간략히 핵심만 말씀드리겠습니다.

맨 처음에는 여러분이 좋아하고 흥미있는 책(어떤 책이라도 상관없음)부터 시작해 보세요. 책 읽는 것을 너무 싫어하시는 분이라면 만화책이라도 좋습니다. 일단 책 읽는 시간을 확보하고 자신이 관심 있는 책부터 한 시간씩 꾸준히 읽어 나갑니다. 일주일 정도 지나면 조금씩 독서 시간이 습관화될 것입니다. 한 달 정도 지나면 몸에 익숙해질 것입니다. 그렇게 되기까지 일단, 관심 있는 책들부터 장르에 상관없이 보십시오. 활자가 눈에 잘 들어오게 만드십시오. 그리고 다 본 책의 내용을 아주 간략하게 적어 보세요. 그리고 그 느낌 역시 아주 간략하게 적어 보세요. 이것을 할 수만 있다면 여러분의 독서는 놀라울 정도로 깊어질 수 있습니다.

국어 공부의 정도는 바로 꾸준한 독서에서 시작합니다. 지금부터 시작해 보세요. 꾸준히 3개월만 독서를 해도 여러분의 국어 점수는 놀랄 정도로 향상될 것입니다. 또한 단순히 국어 점수 향상뿐만 아니라 여러분 인생 전반을 새롭게 해 줄 수도 있습니다. 혹시라도 아직까지 독서 시간을 갖지 못하는 학생들이 있다면 오늘부터 새롭게 뜻을 정해 시작하시기를 간곡히 부탁드립니다. 오늘 하루도 모두들 힘내세요.

내가 먼저!

그는 1890년 오하이오 주 콜럼버스에서 8남매 가운데 셋째로 태어났습니다. 그리고 11세의 나이에 학교를 그만두고, 가족의 생계를 위하여 주 60시간 노동에 3달러 50센트를 받으며 일을 해야만 했습니다.

또한 15세에는 자동차에 흥미를 느껴서 주당 4달러 50센트를 받고 정비 공장에서 일을 했습니다. 그러다가 공부를 더해야겠다는 생각이 들어 가정 통신 교육을 통해 자동차에 대해서 공부하기 시작했지요. 정비소에서 오랜 하루 일과를 마치고 나면 램프를 켜고 부엌에서 공부를 했습니다.

이러한 공부를 통해 어느 정도의 준비를 갖춘 그는 콜럼버스에 있는 플라이어 밀러 자동차 회사에서 일하기로 결심하고, 어느 날 그 회사로 찾아갔습니다. 마침 리 플라이어가 자동차 엔진을 살펴보고 있었지요. 그 곁에서 그의 일이 끝나기만을 기다리면서 있었습니다. 이윽고 그를 알아본 리가 물었습니다.

"무슨 일인가?" 그가 말했습니다.

"내일 아침부터 이곳에 일하러 오고 싶은데요."

"아, 그래! 누가 너를 고용했지?"

"아직은 아무도요. 하지만 내일, 아니 지금부터라도 당장에 일을 할 수 있습니다. 만일 일을 못한다면 저를 당장 쫓으셔도 좋습니다."

다음 날 아침 일찍, 그는 그 자동차 회사로 출근을 했습니다. 아직 플라이어가 출근하기 전이었지요. 바닥에 쇠 부스러기가 쌓여 있었고, 먼지와 기름이 뒤범벅되어 지저분하게 되어 있는 것을 본 그는 빗자루를 가지고 정비소를 말끔히 청소하였습니다.

근면한 그의 태도는 그의 미래를 열어 가는 중요한 열쇠가 되었습니다. 그렇게 그는 더욱 성장하여 미국의 유명한 카레이서이자 자동차 전문가가 되었으며, 제1차 세계대전 때는 유명한 하늘의 용사가 되었습니다. 훗날 이스턴 에어라인의 창설자가 된 그가 바로 에디 리켄베이커Eddie Rickenbacker입니다.

21세기는 유명 대학 졸업장만으로 인생의 성공을 보장할 수 있는 시대가 아닙니다. 비록 에디는 명문 대학 졸업장은 없었지만 성실과 근면이라는 귀중한 열매들을 청소년기에 준비했습니다. 그리고 성공했습니다. 그의 성공은 정말 값집니다.

요즘 웰본well born족이 유행한다고 합니다. 그들은 부모 잘 만나서 태어난 것이 엄청난 저력이라고 합니다. 하지만 아마도 제 책을 읽는 분들의 대부분은 힘들고 어려운 분들로 웰본

족과는 거리가 멀 것입니다. 그러나 진정한 마음관리는 그 어떤 역경도 이겨 낼 수 있게 합니다.

매일 반복되는 일상이지만 미래를 위해 준비하시고 끊임없는 마음훈련을 묵묵히 견디시기를 부탁드립니다. 오늘도 파이팅입니다.

| 5월 24일 |

부모의 가르침을 가볍게 여기지 마십시오

내 아들아, 네 아버지의 명령을 지키며 네 어머니의 가르침을 저버리지 말고 그 말을 항상 네 마음에 새기고 깊이 간직하라. 그것은 네가 다닐 때 너를 인도하며, 밤에는 너를 보호하고, 낮에는 너에게 조언을 해 줄 것이다. 네 부모의 명령은 등불이며, 그 가르침은 빛이요, 교육적인 책망은 생명의 길이다. 이것이 너를 지켜 음란한 여자들의 유혹에 빠지지 않게 할 것이다. 너는 그들의 아름다움을 보고 색욕을 품지 말며 그들의 눈짓에 홀리지 말아라. 음란한 여자는 사람의 재산뿐 아니라 사람의 귀중한 생명까지 도둑질해 간다. 사람이 옷을 태우지 않고 어떻게 불을 품에 품고 다니겠으며 발을 데지 않고 어떻게 숯불을 밟겠느냐?

「잠언」 6 : 20 ~ 28

앞에서도 여러번 말했듯 5월은 계절의 여왕입니다. 중간고사도 끝나고 홀가분하게 즐길 수 있는 시간이기도 합니다. 미팅과 소개팅의 계절이기도 합니다. 몇 번 만나지도 않았는데 함께 잠을 자는 경우도 무척 많습니다. 갈수록 중고생의 성경험이 늘어만 가고 있습니다. 지킬 것은 지킨다는 어느 광고의 말이 떠오릅니다.

후배들이 자신과 자신의 이성 친구 모두를 소중하게 지켜갈 수 있기를 바랍니다. 정말 힘든 일입니다. 노력해 보세요. 혹시 이미 많은 경험이 있는 친구들도 이제부터라도 뜻을 정해 서로에게 지켜줄 것은 지키면서 우정과 사랑을 더욱 키워 나가시기를 부탁드립니다.

|5월 25일|
포기하지 말아라

아주 어렸을 때 그의 별명은 스파키였습니다. 연재 만화에 나오는 말 이름인 스파크플러그를 따서 아이들이 붙여 준 별명이었지요. 그 후 그는 그 별명으로부터 벗어나지 못했습니다.

학교 생활은 스파키에게 괴로움의 연속이었습니다. 중학교

2학년 때는 전과목이 낙제였지요. 더군다나 물리는 빵점을 받아서, 그 학교가 생긴 이래 최악의 물리 성적을 기록했습니다. 이것만이 아니었지요. 라틴어와 영어, 수학에서도 낙제를 했습니다. 그렇다고 운동을 잘하는 것도 아니었지요. 가까스로 학교 골프 팀에 들어갔지만 그해 중요한 시합에서 지고 말았습니다. 패자 부활전이 있었지만 그 시합마저 지고 말았지요.

유년 시절에 스파키는 그리 사교적이지 못했습니다. 다른 아이들이 그를 싫어해서가 아니라 아이들이 그에게 무관심했기 때문이지요. 교실 밖에서 다른 아이가 인사라도 걸어 오면 스파키는 깜짝깜짝 놀라곤 했습니다. 여자 아이에게 데이트 신청했다가 거절당하는 것이 싫어 그 흔한 데이트 한 번 못해 보았습니다.

한마디로 스파키는 패배자였지요. 자신뿐만 아니라 친구들도 다 그렇게 인정했습니다. 그래서 그는 현실을 인정하고 그것에 만족하며 살았습니다.

하지만 한 가지 스파키에게도 잘하는 것이 있었습니다. 그것은 그림을 그리는 일이었지요. 스파키는 자신의 작품이 자랑스러웠습니다. 그러나 어느 누구도 그의 그림을 거들떠보지는 않았습니다. 고등학교 3학년 때 그는 몇 장의 만화를 교지 편집장에게 제출했습니다. 그러나 거절당하고 말았지요.

그러나 그는 포기하지 않았습니다. 그는 직업적인 만화가가 되기로 결심을 했고, 졸업 뒤 월트 디즈니에 편지를 써서 자신이 디즈니의 만화를 그릴 수 있는 자질을 가지고 있으니 채용해 달라고 했습니다. 그 뒤 스파키는 디즈니 사로부터 그의 작품에 대한 샘플 몇 점을 보내 달라는 편지를 받았습니다. 작품을 보낸 스파키는 답장을 기다리면서도 내심 그 작품들이 떨어졌을 거라고 생각했습니다. 정말 그랬습니다.

그래서 그는 어찌 됐을까요? 스파키는 만화가의 꿈을 포기하지 않았고 어린 패배자, 만년 꼴찌였던 자신의 어린 시절을 만화로 그리기 시작했습니다. 그리고 지금은 전 세계적으로 유명한 만화가가 되었습니다.

중학교 2학년 때 낙제했던 소년, 교지 편집장과 디즈니 사로부터 작품을 거절당했던 젊은 만화가가, 바로 오늘 우리가 알고 있는 찰스 먼로 슐츠Charles M. Schulz입니다. '피너츠'라는 연재 만화와 날지 못하는 연을 가진 아이를 그린 만화 '찰리 브라운'을 그린 장본인이 바로 이 사람입니다.

사랑하는 후배들, 무슨 일이 있어도 절대로 포기하면 안 됩니다. 여러분에게는 여러분만이 가진 고유의 재능이 있습니다. 각자의 재능은 상대적으로 비교할 수 없는 것입니다. 자신만의 강점을 더욱더 키워 나가십시오. 그리고 어려운 환경 속에서도 희망을 지키며 미래를 준비하십시오. 반드시 꿈은 이루어질 수 있습니다. 오늘도 파이팅입니다.

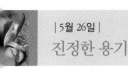

공자는 "아는 것을 안다 하고 모르는 것을 모른다 하는 것, 이것이
바로 아는 것이다"라고 했다. 이는 곧 모르는 것을 억지로 안다고
하지 말라는 말이다. 내가 보건대 박학다식하다고 이름난 사람은
남이 물어보면 무엇이든 대답하지 않는 일이 드물다. 그러나 이런
대답들 중에는 나중에 자세히 살펴보면 맞지 않는 것도 종종 있
다. 이는 박학에만 마음이 쏠려 자기가 모르는 게 있음을 부끄럽
게 여기는 까닭에, 희미한 기억에 불과한 것을 억지로 안다고 하
기 때문이다. 고금의 일들과 온 세상의 사물들, 경전과 역사책과
기타 여러 책들의 문구를 어찌 하나도 빠짐없이 다 알 수 있겠는
가? 이 때문에 모든 걸 다 안다고 자부하는 사람은 실상은 대체로
모르는 게 더 많다.

이이李珥

현재 나의 정확한 수학, 영어, 국어 실력은 어느 정도일까
요? 그것을 정확하게 파악하고 인정하는 것이 바로 고득점의
시작이 됩니다. 내가 지닌 공부 실력에 대해 부풀리지도 말고
너무 축소하지도 말고 정확하게 알아야 하는 것입니다. 막연
히 '이쯤 되겠지' 하는 식은 진정한 실력을 기르는 데 도움이
되지 않습니다.

남들이 나의 공부 실력을 너무 좋게 보지만 실제 나의 실력은 그렇지 못할 때가 많습니다. 한편 나의 부족한 실력이 알려질까 전전긍긍할 때도 있습니다. 이런 상황 속에서는 진짜 실력을 향상시키는 공부를 하기는 어렵습니다. 궁금한 것이 있어도 왠지 질문하면 저런 쉬운 것도 몰라 하면서 주변 사람들에게 나의 실력이 드러날까 두렵기 때문입니다.

그러나 그런 두려움을 극복해야만 진정한 실력을 기를 수 있습니다. 아는 것은 안다고 하고 잘 모르는 것은 모른다고 하는 것이 바로 진정한 실력자가 되기 위한 첫걸음인 것입니다.

5월도 이제 거의 지나갑니다. 5월이 지나가기 전에 여러분에게 꼭 부탁드리고 싶은 것이 있습니다. 자신의 공부 실력을 정확하게 파악하고 그것을 솔직히 인정하는 일입니다. 현재의 실력은 어디까지나 현재의 실력일 뿐입니다. 그것을 인정하십시오. 그리고 그것을 바탕으로 부족한 부분을 지금부터 새롭게 뜻을 정해 준비해 나가십시오.

이 과정을 거쳐야 미래의 진정한 실력자가 될 수 있습니다. 자존심 상해하지 마시고 속상해하지도 마십시오. 하루라도 일찍 자신의 실력을 정확히 알고 바로 준비하는 것이 진정한 실력자가 되는 가장 좋은 길입니다. 사랑하는 귀한 후배들, 꼭 점검하시길 부탁드립니다.

게으름 2

일하기를 싫어하는 게으른 자에게는 욕심, 바로 그것이 죽음이다.

「잠언」 21 : 25

인간은 참 이상한 존재입니다. 무언가를 가지고 싶고 성공하고 싶은 마음은 너무 많으면서도 그것을 실제로 성취하기 위해 일하기는 싫어하기 때문입니다. 욕심은 많은데 몸이 따라가지 않습니다. 게으르면 게으를수록 욕심을 줄어야 하는데 욕심은 더 커지게 됩니다. 또한 그럴수록 자기 자신에 대한 부정적 인식은 자꾸 커져만 갑니다. '난 왜 이럴까? 난 정말 구제 불능인가봐?'라는 자신에 대한 부정적 생각은 시간이 지날수록 무서운 속도로 자라 갑니다. 그에 따라 게으름도 더 강력해집니다.

사랑하는 귀한 후배들, 게으름은 여러분을 파멸로 이끄는 너무나 무섭고 은밀한 테러리스트입니다. 이 게으름에 지지 마십시오. 오늘부터 새롭게 뜻을 정해 다시 부지런함으로 첫 발을 옮기시기 바랍니다.

누가 주인일까

TV는 하나의 기계에 불과합니다 그것이 당신 집에 들어오기 전까지는 말입니다.

어떤 집에서는 TV가 아이 보는 사람을 대신합니다. 부모가 집에 없는 사이 아이들은 모두 TV에만 매달려 있습니다. 또 어떤 집에서는 TV가 현실 도피용 수면제가 되기도 합니다. 그런가 하면 TV는 우리의 생각과 우정, 창의성과 건전한 오락 및 교제를 도적질하는 도적이 될 수도 있습니다. 반면 TV가 종노릇을 하는 집은 아주 드뭅니다. 그런 집에서는 TV가 필요한 정보와 통찰력, 인생에 대한 논평, 뉴스, 웃음, 음악과 건전한 오락 등을 제공해 줍니다.

TV가 종이 되느냐 아니면 상전이 되느냐 하는 것은 사용자인 당신 손에 달려 있습니다. 만약 당신이 그것을 하나의 도구로 인정하고 목적의식을 가지고 절도 있고 현명하게 사용한다면 그것은 당신의 종이 될 것입니다. 그러나 만약 그것을 친구로 생각하고 그것만 계속 시청한다면 TV는 당신의 상전이 될 것입니다.

사랑하는 귀한 후배들, 여러분은 TV의 주인인가요? 아니면

TV가 여러분의 주인인가요? 청소년 시절의 귀한 시간 정말 아껴 사용하세요. 꼭 TV를 보아야 할 경우와 그렇지 못한 경우를 미리 생각하시고 TV를 여러분의 종으로 잘 다루시기를 간곡히 부탁드립니다.

고정관념을 깨라

'아홉점 퍼즐' 이란 문제입니다. 한 번 풀어 보세요. '펜을 종이에서 떼지 말고 네 개의 직선으로 모든 점을 연결' 하면 됩니다.

```
●     ●     ●


●     ●     ●


●     ●     ●
```

어때요? 성공했습니까? 아니면 잘 안 되나요?

잘 안 되는 많은 친구들은 대부분 이 아홉점 공간 내에서 문제를 풀려고 애를 썼을 겁니다. 바깥에 있는 점들이 외곽의 경계를 이루듯이, 사람들은 대부분 이 문제를 보는 순간, 이 아홉 개의 점을 2차원의 '네모'로 인식해 버린다고 합니다. 그 결과 이 아홉점을 바라보는 다양한 가능성의 문을 닫아 버린 채 존재하지도 않는 경계를 만들어 버리는 것입니다. 마치 다음 그림처럼요.

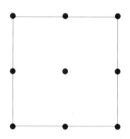

문제를 접한 사람은 자신도 모르게 원래의 지시 사항에 다음과 같은 조항을 추가한 것입니다. '펜을 종이에서 떼지 말고 네 개의 직선으로 모든 점을 연결하라. 단 외곽의 점들로 이루어진 사각형 안에서 그렇게 하라'라고요.

이러한 생각으로는 이 문제를 풀 수 없습니다. 이 문제는 마음과 생각을 열어야 풀 수 있습니다.

'여백 공간을 마음대로 써도 좋다'고 한 번 생각해 보고 문제를 풀어 보세요. 이렇게 생각하는 순간 새로운 가능성의 문이 열릴 것입니다. 마치 바깥에 있는 여백 공간이 "여기에도 선을 그어 봐"라고 소리치는 것 같지 않은지요? 다음과 같이 하면 성공할 수 있습니다.

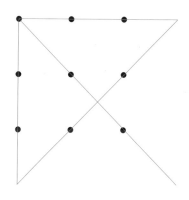

　중요한 것은 우리가 마음과 생각의 틀을 깨는 것입니다. 그 틀은 우리의 가능성을 규정하고 제한합니다. 이처럼 열린 관점을 가지고 앞으로 모든 문제를 접하고 생각해 본다면 훨씬 많은 문제를 효과적으로 풀 수 있을 것입니다.

　우리가 풀 수 없는 문제들은 사실 완전히 풀 수 없는 문제가 아니라, 어떤 특정한 인식틀이나 관점 안에서만 해결 불가능한 것입니다. 관점만 바꿀 수 있다면, 문제는 해결될 것입니다.

뻔뻔스러움은 능력이 아닙니다

악인은 언제나 뻔뻔스러운 태도를 취하나 의로운 사람은 자기 행동을 삼간다.

「잠언」 21 : 29

요즘은 뻔뻔스러움과 목소리 큰 것이 각박한 현대 사회를 살아가는 데 꼭 필요한 요건처럼 자리 잡고 있습니다. 차 사고를 먼저 내도 목소리를 크게 내고 뻔뻔스러움으로 밀고 나가야 손해를 덜 본다고 생각합니다. 실제로 잘못을 솔직하게 인정하는 것이 책임을 혼자 다 떠안는 어리석은 행동으로 여기는 청소년들이 많습니다.

하지만 대다수가 그렇게 생각할 때 잘못을 솔직하게 인정하고 그 대가를 치르려는 청소년은 아주 특별한 존재입니다. 나이가 들면서 그런 청소년들이 날로 희박해지는 것을 느낍니다. 그런 만큼 자신의 잘못을 인정하는 용기 있는 청소년의 가치는 너무나 높습니다. 저는 여러분이 이 세상에서 이와 같은 진정한 리더로 각 분야에서 자라나기를 바랍니다.

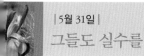
저는 야구를 무척 좋아합니다. 인간이 한다고는 도저히 믿을 수 없는 게임들을 보면 입이 쩍 벌어집니다. 그러나 그런 프로 선수들도 시합 도중에 실수를 하는 모습을 종종 볼 수 있습니다. 실수를 저지르는 일에는 명예의 전당에 입당한 사람들도 예외가 아닌 것입니다.

여기에 미국 메이저리그의 유명한 야구 선수들이 있습니다. 모두들 기록 보유자이기도 하지요. 오늘은 여기서 우리가 전혀 몰랐던 그들의 또 다른 기록들을 함께 살펴보기로 합시다.

- 베이브 루스─더 이상 언급할 필요조차 없는 경이적인 최고의 홈런왕이지요. 그는 714개의 홈런을 쳤으며 이 기록은 이 분야에서 39년간 깨지지 않았습니다. 그러나 그는 최다 삼진 아웃의 기록도 가지고 있었습니다. 그 어떤 선수도 흉내 내기 힘든 총 1,330번의 삼진 아웃 기록도 갖고 있었던 것입니다.

- 티 코브─환상적인 주자이며 타격왕이었던 그는 한 시즌에서 도루왕이 되었는데, 이 기록은 1982년까지 이 분야

최고의 기록이었습니다. 1951년 한 시즌에서, 그는 도루 시도 중 38번이나 아웃 당하는 기록을 세웠는데 이것 또한 최다 기록이 되었습니다.

- 사이 영—걸출한 투수였던 그는 511승이라는 현재까지도 깨지지 않는 기록을 가지고 있지만 313패라는 기록도 가지고 있습니다. 한때 한 시즌에서 13승 21패라는 기록도 낸 바 있지요.

- 행크 아론—755개의 홈런으로 베이브 루스의 기록을 깬 사람이지요. 그러나 그도 타격 부문에서는 최다 더블 플레이 기록을 세웠습니다.

- 월터 존슨—가장 위대했던 투수 가운데 한 사람이었던 그는 최근까지도 3,508개의 최다 삼진 아웃 기록을 보유하고 있었습니다. 204개의 데드볼이라는 기록도 아울러서요.

- 지미 폭스—이 시대가 낳은 가장 훌륭한 오른손 타자로서, 한 시즌에 57개의 홈런을 때렸습니다. 하지만 한 시즌에 연속해서 7개의 삼진 아웃을 당한 기록도 아울러 보유하고 있습니다.

- 로베르토 클레멘트—유명한 피츠버그 파이어럿 팀의 스타인 그는 한 올스타 게임에서 4번의 삼진 아웃을 당한 기록을 가지고 있습니다. 이 기록은 아직도 깨지지 않고 있습니다.

- 샌디 쿠팩스—다저스 팀에서 투구 센세이션을 일으킨 장

본인이지요. 그가 치른 게임 가운데 4번이 퍼펙트 게임이 었습니다. 하지만 타격은 완전히 엉망이었지요. 연속 12 개의 삼진 아웃을 당한 기록은 여전히 최고의 기록으로 남아 있습니다.

● 레지에 잭슨—앤젤스 팀의 홈런 제조기. 1983년 5월 13 일 트윈스 팀과의 시합에서 그는 메이저리그에서 2,000번 째 삼진 아웃을 당한 선수가 되었습니다. 이런 기록이 그에게 무슨 의미가 있느냐는 질문에 앤젤스의 이 느림보 외야수는 "그 기록은 4번의 시즌 내내 제가 공을 하나도 못 쳤다는 뜻이죠!"라고 말했습니다.

자신감을 가지기를 바랍니다. 열심히 한다면 여러분의 실수는 어느덧 사람들의 기억에서 사라지고, 오직 승리만이 사람들의 기억에 남게 될 것입니다.

5월의 마지막 날입니다. 이제 본격적으로 기말고사 준비 체제로 변화를 꾀해야 합니다. 5월 한 달간 다니엘 아침형 학생으로 어느 정도 자신을 정비하셨는지요? 이제 마음을 정리하시고 새롭게 뜻을 정하십시오. 6월을 준비하며 오늘 하루를 힘차게 시작하십시오.

이 책을 읽는 후배들 앞에는 아름답고 놀라운 미래가 있습니다.

6월의 이야기

세계는 넓고 할 일은 정말 많습니다. 높은 희망을 가지
고 진정한 마음의 힘과 실력을 기르십시오. 저는 이 책을
읽는 후배들을 통해 이 세상이 보다 살기 좋은 사회가 되
기를 바랍니다.

아주 사소한 일

프랑스의 한 마을에 사는 가난한 목수의 아들인 스물한 살의 자크 라피테라는 사람이 출세하기 위한 직업을 찾고 있었습니다. 비록 유명 인사의 추천장이나 화려한 학벌은 없었지만 그에게는 젊음과 희망이 있었습니다.

파리에 도착한 그는 열심히 일자리를 구하기 시작했습니다. 하지만 몇 주가 지나도 일자리를 찾을 수가 없었습니다. 파리에 사는 그 누구도 이 패기에 찬 젊은이를 거들떠보지 않았던 것입니다. 그러나 그는 좌절하지 않고 계속해서 일자리를 찾아보았습니다.

어느 날 아침, 자크는 유명한 스위스 은행가 페레고의 은행에 입사 지원서를 냈습니다. 페레고는 자크와 몇 마디 대화를 나눈 뒤 일자리가 없다면서 그를 돌려보냈습니다. 그 어느 때보다 크게 낙심한 자크는 은행을 나와 앞마당을 천천히 걸어갔습니다. 그러다가 잠시 멈추어서 바닥에 떨어진 무언가를 주워 들고는, 다시 사람들이 붐비는 거리로 나가며 생각했습니다. '그냥 고향으로 돌아가 버릴까?'

그 순간, 갑자기 뒤에서 누군가가 어깨를 툭툭 치며 말했습니다.

"실례합니다. 저는 저 은행에서 일하는 사람입니다. 페레고 씨가 다시 당신을 뵙자고 하십니다."

다시 은행에 들어간 자크는 그 유명한 은행가와 두 번째 만남을 가졌습니다. 페레고 씨가 말했습니다.

"다시 오시게 해서 미안합니다. 제가 우연히 창밖을 내다보다 댁이 은행 앞마당에서 무언가를 줍는 걸 봤는데요. 그걸 좀 보여 주시겠습니까?"

이 말에 자크는 "아, 이거요? 별거 아닙니다" 하며 저고리 안주머니에서 반짝이는 핀 하나를 꺼내 보여 주었습니다.

그러자 페레고 씨가 감탄하며 이렇게 말했습니다.

"이제 사정이 달라졌습니다. 우리 은행은 작은 것에도 주의를 기울이는 사람에게는 늘 일자리가 준비되어 있습니다. 내일부터 출근하셔도 좋습니다."

그 후 은행에서 오랫동안 눈부신 업적을 이룩한 자크는, 유럽에서 제일 큰 은행 가운데 하나인 페레고 라피테 은행의 설립자가 되었습니다.

우리가 세상을 살아갈 때 아주 사소한 일들이 참으로 중요하게 작용할 때가 많습니다. 자크 라피테처럼 작은 것을 소중히 여길 때, 우리들 앞에 놀라운 미래가 펼쳐질 것입니다. 내가 나의 마음을 훈련하고 또 훈련하면 기회는 반드시 옵니다.

단순히 학벌만으로 승부하는 시대는 이제 지나갔습니다. 건강한 내면세계를 지니고 희망을 가지고 도전하는 청소년이 바로 미래의 주역인 것입니다.

6월이 시작되었습니다. 이번 달은 기말고사 준비를 해야 하는 달입니다. 『다니엘 건강관리법』에서 가르쳐 드린 대로 심호흡을 크게 10번 하시고 오늘 하루도 힘차게 보내시길 바랍니다.

|6월 2일|
톰슨 선생님

테디 스탈라드는 톰슨 선생님의 반 아이로 '최악의 학생'으로 평가받았습니다. 그는 공부에는 관심이 없고 쭈글쭈글하고 냄새나는 옷에, 머리는 한 번도 빗은 적이 없고, 무표정한 얼굴에 눈동자마저 초점이 없었습니다. 게다가 매력도 없고 의욕도 없는 데다 친구조차 없었습니다. 아무도 그런 테디를 좋아하지 않았던 것입니다. 톰슨 선생님조차도 모든 반 아이들을 똑같이 사랑한다고는 했지만, 그 말이 완전히 진심은 아니었습니다. 그녀는 테디에 관한 가정 환경 조사서를 이미 본 상태라 알고 싶지 않았던 것을 알고 있을 뿐이었습니다. 테디는 착한 아이였지만 어머니는 돌아가셨고, 아버지는 집안일에 통 관심이 없어 가정의 보살핌을 거의 받지 못하고 있었던 것입니다.

크리스마스가 가까워 오자 반 아이들은 학교로 선물을 가져왔습니다. 물론 테디도 선물을 가져왔습니다. 선생님은 누런 종이에 스카치테이프를 붙여 포장한 테디의 선물을 풀어 보았습니다. 그 안에는 조잡한 라인석이 박힌 팔찌 하나와 싸구려 향수 한 병이 들어 있었습니다. 게다가 팔찌는 라인석이 반쯤은 빠지고 없는 상태였습니다. 아이들은 낄낄대기 시작했습니다. 그러나 선생님은 아랑곳하지 않고 팔찌를 팔목에 끼우고 향수를 팔목에 찍어 바른 뒤, 아이들에게 냄새를 맡게 하며 말했습니다.

"얘들아, 이 팔찌 정말 멋있지 않니?"

이런 선생님의 신호에 맞추어 아이들은 세상에서 제일 좋은 향수의 냄새를 맡는 듯, 세상에서 제일 좋은 팔찌를 구경하듯 감탄사를 연발했습니다.

그날 오후, 아이들이 모두 돌아가고 난 다음 테디는 천천히 톰슨 선생님에게 다가와 말했습니다.

"저, 선생님…. 선생님한테서 엄마 냄새가 나요…. 그 팔찌는 엄마 거였는데 선생님한테 정말 잘 어울려요."

다음 날, 이제 톰슨은 예전의 그녀가 아니었습니다. 특히 테디와 같은 열등한 학생들에게는 더욱 그랬습니다. 그녀는 정말로 모든 아이들을 사랑하기 시작한 것입니다. 그 일로 테디도 완전히 변했습니다.

그 후, 오랜 시간이 지난 어느 날, 톰슨 선생님은 한 통의 편지를 받았습니다.

"사랑하는 톰슨 선생님, 지금 제가 수석으로 대학을 졸업하게 되었습니다. 이 사실을 제일 먼저 선생님께 전해 드리고 싶어서 편지 드렸습니다. 사랑하는 제자 테디 올림."

그로부터 4년 뒤, 그녀는 또 한 통의 편지를 받았습니다

"사랑하는 톰슨 선생님, 저 스탈라드가 의학 박사가 되었답니다. 기쁘시죠? 그리고 선생님께 또 한 가지 사실을 제일 먼저 알려 드리고 싶습니다. 저 다음달 27일에 결혼합니다. 오셔서 제 어머니께서 살아 계셨더라면 앉으셨을 자리에 앉아 주시겠습니까? 아버지께서도 그만 돌아가셨답니다. 이제 선생님은 제게는 단 한 분뿐인 가족이세요. 사랑하는 제자 테디 스탈라드 올림."

테디의 결혼식장에서 톰슨 선생님은 바로 테디가 말했던 어머니용 좌석에 앉아 결혼식을 지켜보았습니다.

많은 사람들은 저에게 세계적인 석학이 되어 크게 이름을 빛내라고 말하지만, 제 꿈은 톰슨 선생님과 같은 좋은 스승이 되는 것입니다. 한 명의 좋은 스승을 통해 새생명이 아름답게 자라날 수 있음을 저는 믿습니다.

이제 본격적인 기말고사 준비로 마음이 좀 무거울 것입니다. 어차피 시험은 치러야 합니다. 시험은 싫은 것이 아니라 나의 실력을 평가하는 과정입니다. 그동안 얼마나 마음과 실력이 훈련되었는지 평가하는 중간 점검으로 받아들이길 바랍니다. 앞으로 한 달간 최선을 다해 시험을 준비하되 마음의 따스함은 항상 간직하길 바랍니다. 힘내세요.

|6월 3일|
품위 있는 말

마음의 순결을 사랑하고 말을 품위 있게 하는 사람에게는 왕이 그의 친구가 된다.

「잠언」 22 : 11

21세기 한국 청소년들 사이에서 말을 품위 있게 한다는 것은 어쩌면 왕따가 되는 가장 쉬운 방법 중의 하나일 수 있습니다. 또래 집단의 비속어와 은어, 욕을 잘 사용하지 않으면 따를 당하기 쉽기 때문에 거의 대부분의 청소년들이 내키지 않아도 비속어와 욕으로 맞장구를 칩니다. 그러면서 자신도 모르는 사이에 그런 언어들이 언어생활을 완전히 장악하게 됩니다. 나중에는 무의식적으로 그런 말들이 나오는 것을 보고 스스로 깜짝 놀라기도 합니다.

말에는 큰 힘이 있습니다. 어떤 언어를 사용하느냐에 따라 그 사람의 성격까지도 변할 수 있습니다. 항상 말을 할 때 품위 있는 말을 하도록 오늘부터 새롭게 뜻을 정하세요. 그러면 여러분은 아주 특별한 청소년으로 성장하게 될 것입니다. 왕따의 두려움에서 벗어나, 자신을 위해 무엇이 옳은지 생각해 보길 바랍니다.

| 6월 4일 |
친절이 맺은 열매

폭풍우가 몰아치던 날 밤, 필라델피아의 한 작은 호텔에 노부부가 들어왔습니다. 이미 다른 호텔들이 만원이어서 이 호텔로 왔다고 말하며, 빈방이 있는지 물었습니다.

호텔 직원은 지금 이 도시에는 여러 개의 큰 회의가 열리고 있어 모든 호텔이 만원이며, 자기네도 예외는 아니라고 설명했습니다. 하지만 그 직원은 이렇게 덧붙였습니다.

"오늘같이 날씨가 험한 날 손님들을 밖으로 내몰고 싶지는 않군요. 괜찮으시다면 제가 쓰는 방을 비워 드리겠습니다. 주무시고 가시지요."

그 부부는 직원의 말에 일단 나가려던 길을 멈추었지만, 그 직원의 잘 곳을 뺏는다는 생각에 어찌 대답해야 할지 몰라 망설였습니다. 하지만 계속된 권유에 그날 밤을 그 호텔에서 묵었습니다.

다음 날 아침, 그 부부가 체크아웃을 할 때 노신사가 말했습니다.

"자네 친절에 감사하네. 앞으로 이 나라 제일의 호텔 사장이 될 자격이 있어. 내 자네를 위하여 언젠가 호텔 하나를 지어 줌세."

이 말에 호텔 프론트 데스크에 있던 사람들은 잔잔한 미소를 띠었고, 이런 가벼운 농담에 기분이 좋아진 그 직원은 손님들의 가방을 현관문 밖에 대기하고 있던 차에까지 날라다 주었습니다.

그렇게 2년이 지난 뒤, 그날 밤의 일을 까맣게 잊고 있던 그 직원에게 한 통의 편지가 날라 왔습니다. 거기에는 그날 밤의 일과 그때 베풀어 준 친절에 감사한다는 내용이 적혀 있었습니다. 그리고 자기를 한번 방문해 달라는 당부와 함께, 뉴욕 시까지 가는 왕복 비행기표가 들어 있었습니다. 비행기를 타고 뉴욕으로 간 그 직원은 그때의 노부부를 만났습니다. 그러자 노신사는 그 직원을 차에 태워, 뉴욕 시 5번가 34번지로 데리고 가서, 새로 지은 아름다운 건물을 가리켰습니다. 수많은 테라스와 전망대를 가진 그 건물은 마치 붉은 돌로 지은 성 같았습니다.

"이 건물은 내가 자네에게 관리를 맡기려고 지은 건물일세." 노신사가 말했습니다.

"농담이시겠죠." 노신사의 말을 전혀 믿을 수 없었던 그 직원이 웃으며 말했습니다.

미소를 띤 노신사는 말했습니다. "농담이 아니네."

"누구시기에 이런 일을 하시죠?" 그 직원이 물었습니다.

그러자 노신사는 자신의 이름이 윌리암 월도르프 아스토르라고 말했습니다. 그리고 그 호텔이 바로 뉴욕의 월도르프 아스토리아 호텔이었습니다. 이렇게 해서 조지 볼트라는 호텔 직원은 이 역사적인 호텔의 첫 지배인이 되었습니다.

'어떤 손님이 오더라도 내가 할 수 있는 최선을 다하겠다'라는 태도는 하루아침에 생겨나지 않습니다. 끊임없는 마음훈련을 통해 비로소 인격으로 형성된 것입니다. 세계는 넓고 할일은 정말 많습니다. 높은 희망을 가지고 진정한 마음의 힘과 실력을 기르십시오. 저는 이 책을 읽는 후배들을 통해 이 세상이 보다 살기 좋은 사회가 되기를 바랍니다.

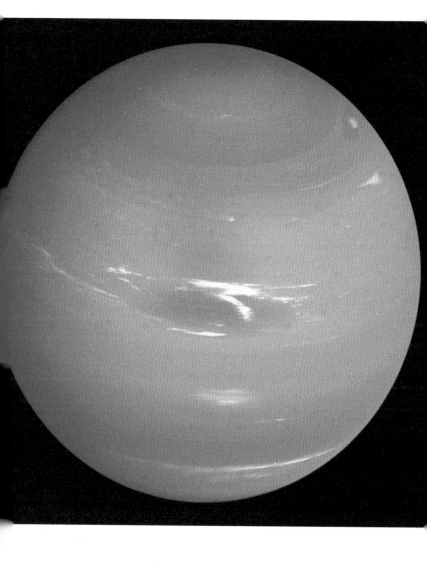

1884년 한 젊은이와 그의 부모가 유럽을 여행하고 있었습니다. 그러던 중 젊은이가 그만 죽고 말았습니다. 그래서 그의 부모는 깊은 슬픔 속에서 아들의 시체를 가지고 미국으로 돌아와야 했습니다.

아들의 장례가 끝나자 그의 부모는 자식을 기리기 위해 할 수 있는 게 뭐가 있을까를 상의했습니다. 그들은 비석이나 화려한 무덤, 동상 따위는 만들지 않기로 했습니다. 대신 다른 젊은이들에게 도움을 줄 수 있는, 실질적인 추모를 상의했습니다.

여러 가지 가능성을 생각하다가 교육 분야에 관련된 일을 하기로 결정하고 그들은 그 당시 하버드 대학의 총장 찰스 엘리엇을 만났습니다.

그들은 갑자기 죽은 아들에 관해 이야기하면서, 아들을 기리기 위해 기념 사업을 조성하고 싶다고 말했습니다. 이것으로 자신의 아들과 같은 젊은이들이 계속해서 공부하는 데 도움을 주고 싶다고 말입니다.

귀족같이 거드름을 피우던 총장은 그것이 장학 기금 설립을 말하는 것이냐고 물었습니다.

"아뇨 우리는 그것보다도 더 실질적인 것을 생각하고 있는데요"라고 부인이 말했습니다.

그러자 총장은 말을 가로막고 나서더니 짐짓 봐주는 듯한 태도로 말했습니다. "아무래도 설명을 드려야 할 것 같은데요. 두 분께서 제안하고 계신 사업은 엄청난 돈이 듭니다."

잠시 동안의 침묵이 흐른 뒤 부인이 의자에서 천천히 일어나면서 물었습니다.

"총장님, 이 대학 전체의 가격이 얼마나 되지요?"

한 700만 달러 정도 될 것이라고 총장이 우물거렸습니다.

마음을 단단히 먹은 듯한 부인이 말했습니다.

"그래요? 우리는 그것보다 더 많은 것들을 할 수 있어요. 저 여보, 내게 좋은 생각이 있어요." 이 말을 남겨 놓고 부부는 그곳을 떠났습니다.

다음 해, 하버드대 총장은 얌전하기만 했던 그 부부가 자기 아들을 기리는 사업으로 2,600만 달러를 투자했다는 소식을 들었습니다. 그 기념 사업으로 캘리포니아에 '리랜드 스탠포드 주니어 대학교'가 설립되었습니다.

우리 인생에서 만나는 사람들을 잘못 판단하거나 미리 판단하는 것은 자칫 막대한 손해를 불러올 수도 있습니다. 이런 일들은 우리 주변에 참 많이 일어나고 있으며, 우리 역시 이런 실수를 저지를 때가 많습니다. 이런 실수들을 반복하지 않는 방법은 바로 평소에 마음훈련을 통해 겸손함을 몸에 익히는 것입니다. 저는 여러분이 공부 실력보다 마음 실력이 더 뛰어나기를 간곡히 소원합니다.

|6월 6일|
뇌물과 부정 이득

> 부정 이득을 탐하는 자는 자기 가족에게 해를 끼치지만 뇌물을 싫어하는 자는 살 것이다.
>
> 「잠언」 15 : 27

요즘 부정한 이득을 탐하고 뇌물을 받은 고위 공직자들이 자신들의 잘못이 탄로날 것이 두려워 스스로 목숨을 끊는 일들이 있었습니다. 이러한 일은 늘 역사 속에서 반복되어 온 것으로 새삼 새로운 일이 아닙니다.

본인은 너무 힘들어서 삶을 포기했겠지만 남아 있는 가족들은 그 엄청난 삶의 고통을 어떻게 지고 가라는 것입니까? 이는 가족들에게 돌이킬 수 없는 큰 상처를 준 것입니다. 그분들의 학력을 보면 거의 대부분이 우리 나라에서 알아주는 좋은 대학을 나왔습니다. 그리고 최고의 엘리트 코스를 밟은 분들입니다. 그런 분들이 왜 하필 부정 이득을 탐하고 뇌물을 받았을까요? 부정 이득과 뇌물의 유혹은 물론 엄청나게 강합니다. 쉽사리 그것에서 벗어나기란 어렵습니다. 하지만 아닌 것은 아닌 것입니다.

그런 유혹을 이겨 내기 위해서는 청소년기 때부터 마음훈련이 되어야 합니다. 작은 것을 탐하다가 큰 것을 잃어버리는 어리석음은 누구나 저지를 수 있는 것입니다. 그런 어리석음에서 지혜롭고 슬기롭게 빠져나오기를 바랍니다. 그러기 위해서는 매일매일 마음관리를 통해 자신의 마음을 아름답고 건강하게 지켜나가야 할 것입니다.

천국의 특별한 아이

이 땅 아주 먼 곳에서 회의가 열렸다!

이제 또 하나의 생명이 태어날 시간이다.

천사들이 하나님께 말씀드린다.

"이 특별한 아이는 많은 사랑을 필요로 할 텐데요.

이 아이의 자라는 속도는 아주 느릴 테고

이루는 일도 별로 없을 것이며

오히려 저 아래에서 만나는 사람들로부터

특별 보호를 받아야 할 텐데요.

이 아이는 달리지도 못하고 웃지도 못하고

놀지도 못할 것이며

생각은 더욱더 하지 못 할 텐데요.

이 아이는 여러 해 동안 잘 적응도 못할 테고

세상 사람들은 이 아이를 불구자라 부를 텐데요.

그러니 이 아이를 어느 집으로 보낼지

신중하게 생각해 주세요.

우리는 이 아이가

만족스러운 일생을 살게 되길 바랍니다.

하나님, 제발 주님을 위해 특별한 이 임무를

맡아 줄 부모를 찾아 주세요.

그 부모는 자기들이 하게 되어 있는

그 임무 뒤에 숨겨진 뜻을

금세 발견하지는 못하겠지요.

하지만 하늘에서 보내지는 이 아이와 함께

그들에게 더 강한 믿음과

더 풍성한 사랑이 부여될 텐데

그렇게 되면 그들도

하늘로부터 온 이 선물을 보살피는 데 따른

그 특권을 곧 깨닫게 되겠지요.

그들에게 맡겨진 그 소중한 임무란

온유하고 겸손한 하늘의 특별한 아기를

양육하는 일이니까요."

에드나 매시밀라

이 시는 매시밀라 여사가 정신지체아들을 위해 쓴 것입니다. 이 세상의 기준에서 보면 정신지체아들은 그 가정의 불행의 씨앗처럼 보입니다. 그렇지만 사랑의 기준에서 보면 정신지체아들은 더 큰 사랑을 나눌 수 있는 사랑의 통로가 됩니다.

마음의 따뜻함을 유지하면서도 자기 분야에서 탁월한 실력을 기르는 데 부지런하십시오. 여러분이 노력하면 할수록 이 세상이 정말 그만큼 더 밝아지고 살기 좋아집니다.

이제 점점 날씨가 더워집니다. 모두들 건강에 유의하시고 오늘 하루도 행복한 하루 되시길 바랍니다.

| 6월 8일 |
죽은 지식의 한계

안다는 것은 곧 실천하고자 하는 것이다.

이익李瀷

호는 성호, 조선 영조 시대의 실학자로 조선 시대 실학계의 아버지라 할 정도로 위대한 학자인 이익은 이 문구를 통해 진정한 리더가 되는 길을 알려 주고 있습니다.

실천하지 않는 지식은 죽은 지식입니다. 죽은 지식은 사람을 변화시키지 못합니다. 진정한 리더는 산 지식을 소유한 사람들입니다. 산 지식을 소유한 사람만이 이 세상을 변화시킬 힘을 가지고 있습니다. 산 지식을 소유한 진정한 리더만이 21세기 한국을 변화시킬 수 있습니다.

앞으로 한 달 동안은 1학기 기말고사 준비에 집중해야 할 때입니다. 여러분이 아무리 좋은 계획을 세웠다 할지라도 실천하지 않는 계획은 죽은 계획입니다. 죽은 계획으로는 원하는 실력을 얻을 수 없습니다.

오늘 하루 내가 할 수 있는 구체적인 기말고사 계획을 다시 세우십시오. 그리고 다른 것은 못 지켜도 그 계획만은 꼭 지키겠다고 이를 악물고 다짐하십시오. 그동안 공부를 등한히 한 친구들도 이제 다시 뜻을 세우면 새롭게 공부 습관을 익힐 수 있는 절호의 기회입니다.

시험에 대한 중압감을 이기는 방법은 지금 내게 주어진 이 시간에 묵묵히 책을 보고 공부하는 것입니다. 이것 외에는 다른 방법이 없습니다. 실천하지 않는 계획은 무의미합니다. 실천하지 않는 지식 역시 무의미합니다. 오늘도 새롭게 시작하시길 바랍니다.

단지 농담이라고?

자기 이웃을 속이고 그저 농담을 했을 뿐이라고 말하는 자는 횃불을 던지고 활을 쏴서 사람을 죽이는 미친 사람과 같다.

「잠언」 26 : 18~19

저는 이 말을 보면 볼수록 요즘 시대와 너무나 잘 맞는 말인 것 같습니다. 저는 무척 소심한 편인지라 남들이 뭐라고 하면 상처를 무척 잘 받습니다. 그런데 사람들 중에는 심각한 이야기를 하고 상처를 줄 대로 다 준 다음 "농담이었어. 내 맘 다 알지? 내가 친해서 그런 거야. 너니깐 이런 장난하는 거지"라고 말하는 이들이 있습니다. 정말 그런 이야기를 하는 상대방을 한 대 때리고 싶을 때가 한두 번이 아닙니다. 너무나 무책임한 사람들입니다. 더욱 황당한 것은 제가 그들처럼 농담이라고 말하면, 어떻게 그런 농담을 할 수 있냐면서 버럭 화를 낸다는 것입니다. 자신들은 늘 그렇게 하면서도 남이 자신에게 하는 것은 수용할 수가 없나 봅니다.

여러분은 어느 쪽에 가까우십니까? 주로 저처럼 당하는 쪽이십니까? 아니면 주로 하는 쪽입니까?

한번 내뱉은 말은 주워 담을 수가 없습니다. 농담으로 여기고 던지는 그 한마디가 사람을 죽일 수도 있습니다. 또한 농담이라는 말로 상처까지 지울 수는 없습니다. 이 점 꼭 기억하시길 부탁드립니다.

|6월 10일|
동물 학교

옛날에 동물 왕국에서 새로운 세계로부터 닥치는 문제들에 대처하기 위하여 학교를 세우기로 했습니다.

학교에서 가르칠 과목은 달리기, 기어오르기, 수영하기, 날기로 정했습니다. 그리고 학과 관리를 좀더 쉽게 하기 위하여 모든 동물이 돌아가면서 교육을 맡기로 했습니다.

오리는 수영 과목에선 선생님보다 더 잘했지만, 날기는 가까스로 낙제를 면했으며, 더욱이 달리기에서는 낙제를 했습니다. 토끼는 달리기에서는 단연 일등이었습니다. 하지만 수영은 계속 재시험을 보는 바람에 신경 쇠약에 걸리고 말았습니다. 다람쥐는 기어오르는 데는 훌륭했지만, 날기 과목에서 선생님이 나무 꼭대기에서 뛰어내리는 게 아니라 땅에서 날아오르기를 가르치자 그만 포기하고 말았습니다.

독수리는 여간해서는 말을 잘 안 듣는 학생이었습니다. 그래서 남들보다 더 강하게 훈련을 받았습니다. 그 덕에 기어오르기에서 어느 학생보다도 뛰어나게 되었습니다. 하지만 여전히 자기 방법을 고집했습니다. 훈련이 끝나 결과를 보니, 수영을 기가 막히게 하고, 기어오르기와 달리기도 잘하며, 약간 날기까지 한 이상한 뱀장어가 수석 졸업생이 되었습니다.

관청에서는 교육세를 모든 동물에게 징수하기 시작했습니다. 하지만 초원의 개들은 정작 자신의 아이들이 배워야 할 땅굴 파기가 없었기 때문에 학교에 아이들을 보내지 않았고 납세도 거부하였습니다. 그리고 자기 아이들을 오소리에게 보내 교육받게 했으며, 나중에는 아예 두더지와 땅다람쥐를 선생으로 초빙해서 자기 아이들을 위한 훌륭한 사립학교를 건립했습니다.

교육이란 아이들이 가진 독창성에 대한 충분한 고려가 있어야 된다는 이야기입니다. 아이들은 각자의 독특한 개성과 재능이 있습니다. 고득점 기계로 획일화될 수 없는, 손길 닿는 대로 형성되는 인격체가 아닙니다. 그럼에도 불구하고, 획일화의 문제로 우리 시대는 청소년들에게 허락된 내일의 가능성들을 더욱 작게 만들고 있습니다.

사람들에게는 저마다의 독창성이 있습니다. 지문이 그렇고,

DNA 인자가 그런 것들의 증거입니다. 똑같이 생긴 사람은 어디에도 없습니다. 드가의 청동상, 스트라디바리우스의 바이올린, 렘브란트의 그림, 이것들이 값진 이유가 무엇입니까? 바로 그 작품이 주는 독창성과 희귀성에 있는 것입니다.

현재의 교육이 무척 획일화되어 있는 것은 누구나 인정하는 사실입니다. 그렇다고 해서 모든 학생들이 획일화되는 것은 아닙니다. 매일매일 꾸준한 마음훈련이 된 학생들에게는 마음의 야성미가 간직되어 있습니다. 그래서 쉽사리 무기력하게 획일화되지 않습니다. 21세기를 변화시키는 사람들은 획일화된 교육에서 만들어 낸 단순한 고득점 기계들이 아닙니다. 마음의 야성미와 지적 야성미 그리고 준비된 실력을 겸비한 사람들입니다. 한국이 정말 더 큰 나라로 우뚝 서려면 바로 그런 청소년들이 필요합니다. 바로 여러분이 그런 미래의 진정한 리더가 될 것을 저는 믿습니다. 기말고사 준비, 땀 흘린 만큼 꼭 보답이 있을 것입니다.

샘지기

알프스 산맥의 동쪽 기슭, 오스트리아 어느 마을의 위쪽에 있는 조용한 숲 속에 한 노인이 살고 있었습니다. 여러 해 전부터 마을 의회에서는 계곡 위쪽의 샘들을 청소하기 위하여 노인을 고용했습니다. 그 샘들은 마을에 여러 가지로 유용해서 낙엽들과 잔가지들을 치워 내는 일이 필요했기 때문입니다.

수년간 노인은 샘물 위에 떠다니는 잔가지와 낙엽들, 죽은 동물들과 더러운 것들을 제거하였으며, 맑은 물이 잘 흐르도록 샘의 좁은 수로들을 깨끗하게 청소했습니다. 마을은 번성했으며, 유명한 관광 휴양지가 되었지요. 방앗간의 물레방아가 밤낮으로 돌아갔으며, 농지에는 끊임없이 물을 댈 수 있었고, 오염되지 않은 물로 마을은 건강했습니다. 마을은 그야말로 우편엽서에서나 볼 수 있는 그런 아름다운 정경이 되었습니다.

그로부터 몇 년이 지난 어느 날, 마을에 예산 결산 심의회가 열리는 가운데, 한 위원이 '샘지기에게 지급되는 봉급'이라는 이상한 목록을 발견했습니다.

"누가 이 사람을 고용했지요? 이 사람이 누굽니까? 이 사람

돈만 축내는 사람 아닙니까?" 그렇게 말한 그 위원이 잠시 생각을 하더니 다시 말을 이었습니다. "아시다시피, 언덕 위에 있는 이 낯선 사람은 죽었을지도 모르지 않습니까? 이 사람은 더 이상 필요가 없습니다."

거기 모인 위원들은 만장일치로 그 노인을 해고시켰습니다.

그 후 몇 주일 동안은 아무 일도 일어나지 않았습니다. 하지만 가을이 오자, 샘물에 낙엽이 떨어지기 시작했습니다. 나뭇가지가 떨어지고, 바닥에는 흙이 쌓이고, 냇물의 흐름도 느려지기 시작했습니다. 또한 마을에 흐르는 냇물이 노란 갈색을 띠는 듯하더니, 며칠 지나자 색이 더 짙어졌습니다. 그리고 한 주가 더 지나자, 냇물 양쪽 둑에 물이끼가 쌓이기 시작했습니다. 그리고는 냇물에서 악취가 나기 시작했고, 물레방아가 멈추었습니다.

그러자 관광객들이 떠나고, 아이들은 병이 들었습니다. 이에 당황해진 의회는 긴급 회의를 소집해서 원인을 찾았습니다. 그러자 그 노인을 해고한 것이 실수였음을 깨닫고 다시 그 노인을 고용했지요.

그 뒤 다행히도 몇 주 만에 샘들이 다시 깨끗해지고 물레방아가 다시 힘차게 돌아갔으며, 관광객들이 다시 찾아왔습니다. 아이들도 더 이상 아프지 않았습니다. 마을이 다시 생명력을 회복한 것입니다.

그 샘지기 노인의 이름이 궁금할 것입니다. 우리는 많은 역사책 속에서 그 노인의 이름을 발견할 수가 있습니다. 성실 · 사랑 · 근면 · 인내 · 자비 · 선행 등이 바로 그것입니다.

그렇습니다. 바로 그러한 것들이 우리의 삶 속에서 매일의 마음관리와 훈련을 통해 우리의 인격으로 형성될 때, 우리는 우리의 삶을 아름답게 보존하고 가꿔 갈 수 있는 것입니다. 기말고사가 다가온다고 마음관리 시간을 소홀히 하지 마세요. 그러면 오스트리아의 어리석은 위원들의 잘못을 여러분도 하시게 될 것입니다. 아무리 시험이 중요해도 내면의 정원을 가꾸는 시간은 더욱 중요합니다.

오늘도 기말고사를 위해 정직하게 내가 할 수 있는 최선을 다하십시오. 그것으로 족합니다. 여러분 모두 힘내세요. 그리고 사랑합니다.

자기 연민이라는 독약

자신에 대해 화를 내거나 등을 두드려 주어도 좋고 명령을 내려도 좋으며 칭찬하거나 비난을 해도 좋고 사랑하거나 미워해도 좋습니다. 무엇을 해도 괜찮습니다. 그러나 한 가지, 자신을 불쌍히 여기지는 마십시오.

염증을 건드리면 고름이 나오듯 자기 연민에는 부패된 만족감이 있습니다. 그리고 '자기 비난이라는 사치품'이 반드시 따라다니게 마련입니다. 자기 비난은 술에 만취하는 것만큼이나 위험한 것입니다. 또한 한 번 하게 되면 나중에는 습관이 되어 버립니다. 따라서 처음부터 아예 하지 말도록 하십시오.

연민이 다른 사람을 향해 흘러 나가는 것은 아주 칭찬할 만한 좋은 특성입니다. 그것은 마치 물방울을 튀기며 재잘재잘 흐르는 계곡의 물과 같습니다. 말하자면 계곡의 물이 나무들의 웃음소리를 넘나들며 새와 짐승들에게는 시원한 음료수가 되고, 그 시원한 물을 마시거나 바라보는 모든 사람들에게 건강과 기쁨을 가져다 주듯 타인에 대한 연민도 이와 같은 역할을 하는 것입니다.

그러나 연민이 자기 자신을 향할 경우 그것은 마치 물이 흘러 나가지 않는 연못과 같습니다. 수면 위에는 더러운 더께가 덮여 있고 악취가 나는 웅덩이 속에는 질척하고 더러운 것들이 들어 있는 연못 말입니다.

이제 본격적으로 '다니엘 기말고사 준비 30일 시스템'으로 전환할 때입니다. 날씨가 더워질수록 공부하기 무척 힘들지만 꼭 부탁하고 싶은 것은 자기 연민이라는 웅덩이 속으로는 들어가지 말라는 것입니다. 너무 힘들기에 도저히 어쩔 수 없다고는 말하지만 일단 그곳에 들어가면 쉽게 빠져나오기가 어렵습니다. 최소 한두 달 정도는 무척 힘들게 됩니다. 공부도 손에 잘 안 잡히게 됩니다. 의욕도 꺾이게 됩니다. 힘들면 잠시 휴식을 취하면서 지친 몸과 마음을 다독이십시오. 단, 자기 연민 연못의 근처에서는 쉬지 않기를 부탁드립니다.

|6월 13일|
실패가 인생의 끝은 아니다

사람들은 대부분 불우함을 걱정하지만, 나는 불우함으로 인해 형통할 수 있었다. 여러 번 과거 시험에 낙방하여 불우했기에 형통하기를 바라다가 가야 할 길을 찾게 되었고, 그 길을 가다가 본연의 마음을 볼 수 있었으며, 부형父兄의 가르침을 들을 수 있었다. 굶주림 끝에 먹을 것을 얻고 근심 끝에 즐거움을 얻은 셈이니, 나의 불우함을 세상 사람들의 형통함과 바꿀 수 있겠는가? 나는 바꾸지 않으련다.

조식曹植

대학에서 조선 시대 유학자들의 삶을 공부하면서 저는 많은 것을 깨닫게 되었습니다. 그들은 정말 누구보다 치열하게 공부하고 치열하게 살았습니다. 특별히 조식 선생님은 제가 개인적으로 무척 좋아하는 학자로 무엇보다 아는 것을 실천하는 학자였습니다. 그는 수많은 실패와 좌절 속에서도 굴하지 않고 묵묵히 자신의 갈 길을 걸었고, 그를 통해 조선 시대를 빛낸 수많은 인재들이 양성되었습니다.

세상에서 늘 성공만 하고 살 수 없습니다. 좌절과 실패를 통해 우리는 더욱 겸손해지고 인생의 진리들을 깨닫게 됩니다.

진정한 리더는 한 번도 실패하지 않고 좌절하지 않는 사람들이 아닙니다. 수많은 실패와 좌절 속에서 그것을 어떻게 받아들이고 앞으로 나아가느냐에 달렸습니다.

앞으로 기말고사가 30일 정도 남았습니다. 이제부터는 새롭게 뜻을 정해 공부에 정진할 때입니다. 비록 그동안 공부를 소홀히 하고 시간을 규모 있게 사용하지 못했을 수도 있습니다. 그렇지만 이제부터 뜻을 정해 30일간 시험을 준비한다면

이 기간을 통해 여러분은 새롭게 태어날 수 있습니다.

실패와 좌절을 두려워하지 마십시오. 오늘부터 더 힘을 내서 뜻을 정해 시작해 나가십시오.

여러 해 전에 '모르스 부호' 통신사 직을 찾는 한 젊은이가 있었습니다. 그는 지방 신문에 난 광고를 보고, 그 회사 주소로 찾아갔습니다. 도착하고 보니 그 회사는 어디선가 전건電鍵이 달각거리는 소리가 끊임없이 들려오는 분주하고 활기가 넘치는 큰 회사였습니다.

사무실 안으로 들어가자, 전보 통신사 지원자는 모두 자리에 앉아 안쪽 사무실에서 호출할 때까지 기다리라는 알림판이 보였습니다. 열두 명가량의 지원자가 앉아 호출을 기다리고 있었습니다. 이 광경을 보고 젊은이는 조금 낙담했지만 손해 볼 건 없다고 생각하고, 다른 지원자들과 나란히 앉아서 호출을 기다렸습니다.

그렇게 2, 3분이 지났을 때, 이 젊은이는 갑자기 일어나더니 알림판이 걸려 있는 문으로 다가가 곧바로 안쪽 사무실로 걸어 들어갔습니다. 점잔을 빼고 앉아 있던 열두 명의 다른 지원자들은 서로 쳐다보며 쑥덕거렸습니다. 5분 정도 지났을 때, 그 젊은이가 문을 열고 나타났습니다. 이번에는 사장과 함께였습니다.

사장은 열두 명의 다른 지원자들을 보고 말했습니다.

"여러분, 모두 지금 가져도 좋습니다. 관심을 가져 주셔서 감사합니다. 그 일자리는 이 젊은이가 맡게 되었습니다."

이 말에 몇 사람이 다시 또 투덜거렸습니다. 그리고 그 가운데 한 사람이 소리 높여 말했습니다.

"사장님, 이해할 수 없습니다. 그는 맨 나중에 들어왔고, 우리들은 면접조차 하지 않았습니다. 그런데 그가 그 일자리를 차지했습니다. 그것이 과연 공정한 처사입니까?"

사장이 말했습니다. "미안합니다. 하지만 여러분이 여기 앉아 계시는 동안, 저는 계속해서 전건으로 모르스 부호의 메시지를 보내고 있었습니다. 그 내용은 '이 모르스 메시지를 이해한다면 지금 곧 들어오십시오. 이 일자리는 당신 것입니다!' 라는 것이었지요. 하지만 여러분 가운데 아무도 그 메시지를 알아채지 못했습니다. 그런데 이 젊은이가 알아챈 거지요. 이 일자리는 이제 이 사람의 것입니다!"

평소에 미리미리 준비한다는 것이 참 어렵습니다. 그렇지만 어려운 과정을 견디어 낸 사람에게는 다른 사람과는 비교할 수 없을 정도의 힘이 있습니다. 처음에는 아주 작은 차이처럼 보이지만 하루 이틀이 쌓이면서 마음의 힘은 커져 갑니다. 마음의 힘이 커지면 여러분이 뜻을 정해 결단할 때 그 결단력은 곧 실천으로 이루어집니다.

날씨가 점점 더워지면서 오후 공부 시간에는 무척 졸릴 것입니다. 기말고사도 이제 얼마 남지 않았습니다. 공부하기 악조건이 되어 갑니다. 이럴 때 힘든 것을 참고 꾸준히 인내하고 준비하는 사람에게는 그만한 결과가 있을 것입니다.

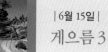
게으른 자는 손을 그릇에 넣고도 입에 갖다 넣기를 싫어한다.

「잠언」 19 : 24

오늘은 1학기 기말고사를 위한 준비 체제 첫날입니다. 기말고사 준비는 중간고사 준비 마음가짐보다 좀더 새롭게 해야 합니다. 왜냐하면 1학기 기말고사 이후에 바로 방학이 있어 기말고사를 어떻게 보느냐가 방학을 시작하는 데 많은 영향을 주기 때문입니다. 따라서 기말고사 준비는 중간고사보다 더 많은 주의를 기울여서 해야 합니다.

6월 둘째 주부터 7월 첫째 주까지는 장마와 무더위가 시작되는 때인지라 공부하기가 여간 힘들지 않습니다. 날씨가 더워지고 습도가 높아지면 몸이 나른해지고 잠자고 싶어집니다. 정신적인 중압감과 긴장이 맞물려 게으름도 더 깊숙이 파고듭니다. 게으름은 이 시기에 집중적으로 청소년들을 공격하여 기말고사를 제대로 준비하지 못하게 합니다. 게으름의 공격에 무장 해제를 당한 청소년들은 책장을 펴기까지도 시간이 많이 걸리고 한 과목 공부하는 데에도 너무 많은 시간이 필요합니다. 책상에 10분 앉아 있으면 20분 정도 밖을 배회하는 경우도 허다합니다.

이 시기를 슬기롭게 극복하기 위해서는 마음을 단단히 동여매야 합니다. 그리고 뜻을 새롭게 정해 내가 설정한 목표를 바라보며 그것의 성취를 떠올려 보세요. 시험을 잘 치르고 난 후 기분 좋게 방학을 시작하는 모습을 머릿속에 그려 보길 바랍니다. 부정적인 생각은 아예 꺼내지도 마십시오. 이제 한 달을 어떻게 보내느냐에 따라 여러분의 희망이 현실로 다가올 수 있음을 잊지 마시길 바랍니다.

| 6월 16일 |

물어야 한다

자신의 덕을 날마다 새롭게 하려면 모름지기 훌륭한 스승을 만나야 하고, 스승을 만나려면 모름지기 묻기를 좋아해야 한다. 묻기를 좋아하는 것이야말로 덕을 날마다 새롭게 하는 근본이다. 날마다 새롭게 되는 공부는, 오늘 묻기를 좋아하고 내일 묻기를 좋아하여 평생토록 부지런히 노력하여 자만하는 마음을 가지지 않는

데 있다.

이익李瀷

큰 의심이 없는 자는 큰 깨달음이 없다. 의심을 품고 있으면서도 얼버무리며 미봉하는 것보다는 자세히 물어 분변하는 게 나으며, 면전에서 아첨하며 마음에 없는 소리를 하는 것보다는 자신의 생각을 다 밝힌 후 서로 합치점을 찾는 게 낫다.

홍대용洪大容

"정말 공부를 잘하고 싶은 학생 손들어 보세요?"

"저요! 저요!"

"정말 공부 잘하는 방법을 알고 싶은 학생 손들어 보세요?"

"저요! 저요!"

"자, 그러면 이제 정말 공부 잘할 수 있는 방법을 가르쳐 드리겠습니다."

"바로 공부하다 수업 듣다, 조금이라도 모르는 것이 있으면 질문하는 것입니다."

"에이, 그게 뭐 특별한 방법이에요? 그거 말고 좀더 특별하고 획기적인 방법 좀 가르쳐 주세요."

많은 학생들이 저에게 공부하는 특별한 방법을 가르쳐 달라고 이야기합니다. 제가 지금까지 공부하면서 뼈저리게 느낀 것은 진정한 실력은 모르는 것이 생겼을 때 그것을 알아 가는 과정에서 생긴다는 것입니다.

많은 학생들이 질문을 거의 하지 않습니다. 그냥 조용히 있습니다. 모르는 것이 있어도 그냥 넘어갑니다. 이렇게 해서는 실력을 쌓을 수 없습니다.

이제 기말고사가 한 달 정도 남았습니다. 지금부터라도 내가 모르는 문제들에 대하여 친구 혹은 선생님에게 질문하여 확실히 내 것으로만 만들어도 여러분의 평균은 아주 많이 오르게 될 것입니다. 질문하는 것을 두려워하고 싫어하게 되면 결국 실력을 기르는 것을 싫어하는 것과 마찬가지입니다.

질문을 통해 알게 되는 것만큼 효과적인 공부 방법도 없습니다. 하지만 처음부터 무조건 질문을 해서는 안 됩니다.

공부하면서 조금이라도 잘 이해되지 않고 풀리지 않으면 먼저 스스로 최대한 머리를 짜내어 풀어 보려고 노력하십시오. 아무리 해도 안 되면 그때 질문을 하십시오. 그러면 문제가 해결되면서 그 풀이 과정이 마치 머릿속에 사진 찍듯이 기억되게 될 것입니다.

이제 날씨가 점점 더워지고 본격적인 기말고사 준비로 전환해야 할 때입니다. 이번 기말고사부터는 꼭 적극적인 질문으로 자신의 부족함을 보완하시기를 간곡히 부탁드립니다.

용기를 내어 질문하십시오. 그리고 나의 약점을 질문을 통해 보완하십시오. 충분한 가치가 있는 일입니다.

쿠키 도둑

여름 캠프에 참가 중인 한 꼬마가 집에서 어머니가 우편으로 부쳐 준 커다란 쿠키 상자를 받았습니다. 아이는 쿠키를 조금만 먹고 나머지는 침대 밑에 숨겨 두었습니다. 그런데 다음 날 점심을 먹고 돌아와 보니, 그 상자가 없어진 것입니다.

쿠키 도난 사건에 대하여 그 소년과 상담했던 캠프 상담원이, 그날 오후 어떤 소년이 나무 뒤에 숨어서 훔친 쿠키를 먹는 것을 목격했습니다.

상담원은 쿠키를 도난당한 소년에게 돌아와 말했습니다.

"자, 빌리, 나와 함께 그 소년을 바른 길로 인도해 보지 않을래?"

이 말에 어리둥절해진 소년은 말했습니다. "그 아이는 도둑이잖아요. 처벌을 받아야지요."

"처벌은 그 아이가 나와 너를 미워하게만 만든단다. 우리 그러지 말고, 내 말대로 하자꾸나. 어머니께 전화해서, 쿠키 한 상자를 더 보내 달라고 부탁드려 보겠니?"

빌리는 상담원이 시키는 대로 어머니께 전화를 드렸고, 우편으로 맛있는 쿠키 한 상자를 또 받았습니다. 상담원이 빌리에게 말했습니다.

"네 과자를 훔쳤던 그 아이가 호숫가로 내려갔단다. 가서 네 과자를 나눠 먹어 보렴."

이 말에 빌리가 반문했습니다. "걔는 도둑이잖아요?"

"그래, 그렇지만 내가 하는 말대로 따라해 보겠니? 무슨 일이 일어나는지 보자꾸나."

반 시간쯤 지나자, 그 두 아이가 어깨동무를 하고 언덕을 올라오는 것이 보였습니다. 그들은 서로 화해를 한 것입니다. 그 소년은 쿠키를 훔쳤던 사과의 뜻으로 자신의 잭나이프를 빌리에게 선물로 주려고 했고, 빌리는 쿠키는 별거 아니라며 새 친구의 선물을 거절하고 있었습니다.

이 이야기는 용서에 굶주린 현대인들에 관한 이야기입니다. 그 굶주림이 얼마나 강렬한가는 다음의 이야기를 보면 알 수 있습니다.

스페인에서 일어난 일입니다. 어느 날 한 아이가 아버지와 몹시 싸우고는 마드리드로 도망을 갔습니다.

아버지는 그 불효막심한 아들을 찾아다니다가, 마침내 최후의 수단으로 마드리드의 한 신문에 광고를 냈습니다.

"사랑하는 내 아들 파코야, 무조건 너를 용서하마. 이 광고를 보는 대로 이 신문사 정문으로 오너라. 네가 올 때까지 거기서 매일 정오에 너를 기다리마."

다음 날 정오, 그 신문사의 정문으로 간 아버지는 수백 명의 파코가 자기를 기다리고 있는 것을 보았습니다.

우리가 살고 있는 21세기는 용서보다 처벌이 앞서는 시대입니다. 상대방의 잘못을 감싸 주고 이해하는 것보다 그것을 부각시켜 매장시키는 시대입니다. 이런 방식 때문에 사회는 점점 더 차가워집니다. 옆집 사람이 자살하고 두 달이 지나서 시체 썩는 냄새가 나야 비로소 확인해 보는 것처럼, 사람들 간의 정은 정말 찾기 힘든 시대가 된 것입니다.

인생에서는 공부보다 중요한 것이 더 많습니다. 최선을 다해 기말고사를 준비하되 마음의 여유까지 잃고 무리하게 공부하지는 마십시오. 그것은 오히려 어리석은 방법입니다. 무엇보다 여러분의 마음을 지키시기를 바랍니다. 무더운 오늘 하루도 파이팅입니다.

|6월 18일|
실력을 길러라

너는 자기 일에 능숙한 사람을 보았느냐? 그는 왕 앞에서 섬기고
이름 없는 사람을 섬기지 않을 것이다.

「잠언」 22 : 29

이 책을 쓰면서 저는 요즘 행복한 상상과 기도를 자주 합
니다. 이 책을 통해 많은 청소년들이 새롭게 뜻을 정해 마음관
리를 하여 자신이 가진 재능을 잘 가꿉니다. 재능을 정교하게
다듬고 훈련하여 자신이 원하는 분야에 전문가가 됩니다. 그
리고 더욱 인정받아 자신의 분야에 관하여 대통령에게 자문하
고 조언하는 것입니다. 생각만 해도 온몸이 찌릿찌릿합니다.
공부에 좌절하고 자포자기한 친구들이 그렇게 멋진 리더로 성
장하는 것을 상상만 해도 기분이 좋아집니다.

진정한 전문가가 되기 위해서는 진정한 실력을 길러야 합
니다. 물론 힘들고 어려운 과정일 것입니다. 그러나 내가 꼭
그렇게 되어야 하는 동기가 부여되어 뜻을 정한 사람들에게는
결코 불가능한 일이 아닙니다. 비록 과거의 시간을 허비하고
낭비했다 하더라도 처음부터 다시 시작한다는 마음으로 얼마

든지 새롭게 시작할 수 있습니다.

희망 공부방에는 군 제대 후에 찾아오는 학생들이 종종 있습니다.

"군대에 가서 실력을 기르는 것이 얼마나 중요한지 뼈저리게 느꼈습니다. 정말 공부해야겠다는 생각이 들었습니다. 이제부터라도 열심히 해 보고 싶습니다. 도와주십시오."

24~25살 정도의 청년들이 처음부터 공부하는 교재는 중1 영어, 수학입니다. 비록 나이는 많지만 군대에서 한동안 공부를 못했고 실력도 워낙 준비가 되지 않은 상태인지라 대부분이 중학교 공부부터 다시 시작합니다. 그들은 늦었다고 창피해하거나 주눅이 들지 않습니다. 왜냐하면 지금이라도 늦지 않았다고 분명하게 그들에게 가르쳐 주기 때문입니다.

이 글을 보는 청소년들은 희망 공부방의 늦깎이 학생들보다 훨씬 더 좋은 여건에 있습니다. 적어도 시간적인 측면에서는 그들보다 월등히 빠릅니다. 행여 벌써 이미 포기한 분들이 계시다면 오늘부터 다시 뜻을 정해 시작해 보십시오. 아직 포기할 때가 아닙니다.

저는 저의 행복한 상상이 결코 망상이 되지 않으리라 믿고 기도할 것입니다. 힘들어도 포기하지 마십시오. 온 힘을 다해 다시 한 번 도전해 보십시오. 반드시 길이 열릴 것입니다.

너무 늦기 전에 하라

부모님은 늘 우리 곁에 계시지 않습니다. 늘 계실 것 같지만 그렇지 않습니다. 저도 갑작스런 교통사고로 거의 부모님을 잃을 뻔했습니다. 그때의 일이 지금도 눈에 선합니다. 늘 계실 것 같은 부모님이 어느 한순간 안 계실 수도 있다는 생각이 처음 들었습니다. 지금도 저는 잘해 드리지 못해 늘 죄송스러울 따름입니다.

여러분은 저와 같은 실수를 하지 마시고 꼭 미리미리 지금 내가 할 수 있는 범위 내에서 부모님께 잘해 드리기를 바랍니다. 무엇보다 부모님의 마음을 편하게 해 드리는 것이 부모님께 해 드릴 수 있는 최고의 효도란 것을 잊지 마시길 부탁드립니다. 다음 이야기를 한번 읽어 보세요.

어제는 내 일생 중 가장 슬픈 날로 나의 어머니를 무덤에 묻고 온 날이다. 이렇게 앉아 있자니 여러 가지 생각들이 떠올라 내 마음이 더욱 슬프다.

나는 여러 번 어머니께 전화를 걸어 필요한 것이 없는지 여쭈어 보려 했으나 실제로 그렇게 한 적은 거의 없음을 기억하고 있다.

한번은 빵집에 계신 어머니를 보고 그 빵집으로 뛰어 들어 간 적이 있다. 그런데 어머니의 겨울 코트가 너무 낡고 초라해 보여서 어머니를 시내로 모시고 가서 새 코트를 하나 사 드려 야겠다고 생각했었다. 그러나 시간이 없어 결국 코트를 사 드 리지 못했던 일이 기억난다. 그때 나는 너무 바빴었다.

어머니의 마지막 생신날 나는 화분 하나를 보내 드렸다. 그 러나 그 속에 축하 카드를 동봉하는 것을 잊어버려 직접 가서 뵈려고 했다. 그런데 하필이면 그날 축구 게임이 있어서 어머 니를 뵙지 못하고 말았다.

내가 어머니를 마지막으로 뵌 것은 사촌의 결혼식 날이었 다. 어머니는 너무 늙고 피곤해 보이셨다. 나는 속으로 '어머 니를 플로리다로 보내 드려야겠다. 거기에 가면 외삼촌도 계 시고 또 햇빛도 좀 쪼이실 수 있을 테니까' 라고 생각했다. 그 러나 결국 비행기 표를 사 드리지 못하고 말았다.

만약 시계를 거꾸로 돌려서 어머니께 그 코트를 사 드리고 해마다 생신날이면 어머니가 원하는 곳 어디든지 모시고 갈 수만 있다면 얼마나 좋을까. 그러나 이제는 너무 늦었다. 그래 서 마음이 이렇게 아프다.

독자들이여, 제발 이 글을 적어 놓도록 하라. 만약 내가 이 와 같은 글을 가지고 있었더라면 아마 어머니께 좀더 잘해 드 렸을 것이다.

부정父情

캔자스의 한 작은 마을로 한 젊은 농부가 기분 좋게 마차를 몰고 들어갔습니다. 그는 대로변 모퉁이에 마차를 매 두고, 일주일치 식료품과 필요한 것들을 사기 위하여 가게로 걸어갔습니다.

그때 가게에서 폭죽을 가지고 우르르 몰려나온 아이들 가운데 한 아이가 농부의 말 바로 앞에서 폭죽을 던졌습니다.

이에 놀란 말들은 앞발을 들며 솟구쳤다 싶더니, 말고삐가 매여 있는 말뚝의 가로대를 내리밟아 버렸습니다. 그러자 말들의 발길질에 가로대가 그대로 부서졌고, 폭죽에 놀란 말들이 이제 거리로 내달리기 시작했습니다.

이 광경을 보고 있던 농부는 한걸음에 뛰어와 달리기 시작한 말들 가운데 한 마리 위로 뛰어올라 가까스로 말고삐를 거머쥐었습니다.

그러나 놀란 말이 농부를 내동댕이쳤고, 농부는 가까스로 매달려 질질 끌려가는 꼴이 되었습니다.

100m 정도 끌려가는 동안 말들의 속력이 약간 줄어들자 이제는 다른 고삐를 쥘 수 있을 것 같았습니다. 하지만 고삐를

잡으려는 순간 말이 갑자기 앞다리를 들고 서 버리는 바람에 오히려 바람을 가르며 내려오는 앞발굽에 농부의 얼굴이 그대로 강타당했습니다.

의식을 잃은 농부는 그대로 땅바닥에 떨어져 즉사했지만, 농부의 죽음으로 말들은 진정되었고, 사람들은 길옆으로 그를 옮겨 놓았습니다. 사람들은 말들을 그대로 초원으로 나가게 하는 것이 상책이었는데, 그가 미친 짓을 했다고 말했습니다.

그런데 바로 그때였습니다. 멈춘 마차 안에서 한 어린아이가 나와서 아빠를 찾으며 울기 시작한 것입니다. 바로 이 아이 때문에 농부는 말들을 초원으로 내보낼 수가 없었던 겁니다.

요즘 한국 경제는 나날이 힘들어지고 있습니다. 아버지의 어깨에는 더 무거운 삶의 짐이 놓여지고 있습니다.

저의 아버지는 무척 엄하셨고 때로는 불같이 화를 내시기도 하셨습니다. 그래서 청소년 시절에는 아버지와 아주 친하게 지내지 못했습니다. 제가 나이가 들면서 깨달은 한 가지는 이 세상에서 나를 제일 사랑하는 사람은 나의 부모님이라는 것입니다.

부모님께 사랑을 표현하는 것이 조금은 어색할 수 있습니다만 작은 노력부터 시작해 보길 바랍니다. 지금도 우리 가족을 위해 정말 힘들지만 꾹 참고 일하시는 아버지께 감사드린다는 문자 메시지를 보내면 좋을 것 같습니다. 또 어머니께도 마찬가지입니다. 부모님의 고단한 마음을 따뜻하게 풀어 줄 수 있을 것입니다.

　오늘 하루 새롭게 뜻을 정해 기말고사 준비도 잘하시길 바랍니다.

정직한 수입

정직하게 번 적은 수입이 부정하게 번 많은 수입보다 낫다.

「잠언」 16 : 8

'한 달에 1억을 벌 수 있다면 얼마나 좋을까? 그러면 일 년에 10억 이상을 버는 것인데…. 아니 한 달에 천 만원만 벌어도 얼마나 좋을까? 그러면 매달 사고 싶은 거 마음대로 사고 폼나게 살 수 있을 텐데…. 아, 정말 돈을 많이 벌고 싶다. 나도 멋지게 살고 싶다. 어떻게 하면 돈을 많이 벌 수 있을까? 어떻게 해서든지 돈을 벌 수만 있다면 무슨 일이든지 하고 싶다. 어떻게 벌더라도 일단 돈만 벌 수 있다면 좋겠다.'

어떻게 하면 돈을 많이 벌 수 있을까? 이런 생각이 가끔은 청소년기에 있는 여러분에게 찾아올 것입니다.

자본주의, 물질 만능주의 시대 속에 살고 있는 우리들은 돈을 무척 좋아합니다. 부정하게 돈을 벌더라도 보다 많이 벌고 보다 많이 쓰고 싶어하며, 돈가방을 줍는 횡재를 바라기도 합니다. 하지만 이는 죽음에 이르는 생각입니다. 부정으로 이룬 부가 우리의 마음까지 풍요롭게 해 줄 수는 없기 때문입니다.

저는 여러분이 정직하게 일하고 성공할 수 있는 모델로 우뚝 성장하기를 꿈꾸어 봅니다. 그래서 앞으로 이런 글을 쓰지 않아도 당연히 정직해야 성공할 수 있다는 진리가 보편적 진리가 되기를 바랍니다.

| 6월 22일 |
지금부터 시작하는 것이 낫다

방금 백발의 방문객이 대문을 나섰다. 그러자 그 집의 어린 딸이 엄마에게 말했다.

"제가 저 분처럼 아름답고 평온하며 상냥하고 사랑스러운 노인만 될 수 있다면 늙어도 괜찮을 것 같아요."

그러자 재치 있고 명민한 어머니가 말했다.

"글쎄, 네가 만약 저 분 같은 노인이 되고 싶다면 지금부터 만들어 가는 편이 좋을 게다. 저 분이 저처럼 아름답게 된 것은 하루아침에 만들어진 것이 아니니까 말이야. 사실은 아주 오랜 세월이 걸려 지금의 모습이 된 거란다. 만약 네가 저 분

같은 모습을 이 세상에 남기고 싶다면 지금부터 그 모습을 만들어 가야 할 거다."

따뜻한 정과 탁월한 실력을 겸비한 리더는 하루아침에 만들어지는 것이 아닙니다. 청소년 시절부터 뜻을 정해 할 수 있는 한 최선을 다해 전력으로 달려야 가능한 일입니다.

그런 사람들이 이 세상을 보다 아름답고 밝게 만들 수 있습니다. 저의 꿈은 바로 청소년들이 그런 사람들이 될 수 있도록 옆에서 도와주는 것입니다. 그것을 위해 오늘도 최선을 다해 여러분을 위해 글 쓰고 가르치고 열심히 공부할 것입니다.

저는 여러분이 꼭 그런 사람들이 되리라 믿습니다.

여러분이 가진 가능성과 꿈을 생각하며 긍정적으로 하루를 시작하십시오. 아직 포기할 때가 아닙니다. 모두들 오늘도 힘내세요.

화내 보았자 손해뿐

화가 날 때면 나는 항상 이성도 잃는다.
화나서 한 일 치고 자랑할 만한 일이 하나도 없다.
얼굴이 붉으락푸르락 화가 나 있을 때면
나는 항상 해선 안 되는 말을 하게 된다.
화나서 한 일 치고
친절하거나 지혜로운 일은 하나도 없다.
사과할 일만 잔뜩 저질러 놓는다.
지금까지 살아 온 내 인생을 돌아보며
득실을 따져 볼 때
화나서 득을 보았던 적은 한 번도 없다.

화를 내기는 쉽지만, 화를 내고 난 다음의 상황 수습은 쉽지 않습니다.

'참을 인忍자 셋이면 살인도 피한다'고 했습니다. 오늘 하루 나에게 주어진 상황을 좀더 폭넓게 이해하며 받아들이는 여러분이 되기를 소원합니다.

유혹

창녀는 깊은 구덩이며 음란한 여자는 좁은 함정이다. 이런 여자들
은 강도처럼 숨어 기다리다가 많은 남자들을 성실치 못한 사람으
로 만들어 버린다.

「잠언」 23 : 27∼28

한국이 전 세계에서 포르노 사이트를 가장 많이 가지고 있
다고 합니다. 얼마 전까지만 해도 미국이 1위, 한국이 2위였는
데 이제는 역전이 되었다고 합니다. 청소년 시기에는 마음성
장에 비해 신체 발육이 급격히 이루어집니다. 신체 발육이 빨
라짐에 따라 성에 대한 관심도 아주 커집니다.

요즘 청소년들은 컴퓨터에 아주 익숙합니다. 인터넷을 통해
포르노 사이트에 가입하는 것은 정말 쉬운 일입니다. 친구들
사이에 공짜로 포르노를 보는 사이트를 서로 교환하고 알려
주기도 하며, 친구 생일 선물로 친구가 좋아하는 포르노 배우
영화를 CD로 구워 주기도 합니다.

학생들은 공부에 대한 스트레스를 없애기 위해 포르노를
보기 시작합니다. 포르노 영화를 자꾸 보다 보면 처음에는 보

는 것으로 만족하지만, 점점 보는 것으로 만족하지 못하게 됩니다. 더욱더 자극적인 것을 원하게 되고 심지어는 집단 성폭행을 하기도 합니다. 이런 일이 지금은 너무 흔해 신문 기삿거리도 되지 않고 있습니다.

이 글을 보는 여러분 가운데 이미 포르노를 보신 분들도 있을 것입니다. 포르노의 유혹에 깊이 빠져 중독이 된 친구들도 있을 것이고, 이미 성 경험이 여러 번 있는 친구들도 있을 것입니다. 포르노에 중독되고 쾌락에 중독되면 삶이 행복할까요? 결코 그렇지 않습니다. 일순간 스트레스를 잊을 수 있으나, 여러분의 마음은 더 황폐화되고 죽어가게 됩니다.

모든 일에는 때가 있습니다. 오늘부터 새롭게 뜻을 정하고 다시 시작하십시오. 포르노로 황폐해진 여러분의 내면세계에 새로운 질서를 세우십시오. 인생의 황금기인 청소년기를 포르노에 중독되어 허비한다는 것은 정말 안타까운 일입니다. 힘들어도 그 유혹을 꼭 이겨 내십시오. 그리고 여러분의 꿈과 희망을 향해 다시 정진하길 부탁드립니다.

| 6월 25일 |
세상에서 가장 부유한 사람

세상에서 가장 현명한 사람은 누구인가? 모든 사람에게 늘 배우는 사람이다. 세상에서 가장 강한 사람은 누구인가? 자기 자신을 이기는 사람이다. 세상에서 가장 부유한 사람은 누구인가? 자기가 가진 것에 만족하는 사람이다.

유대인들 사이에 전해 내려오는 명언입니다.

만족은 감사를 낳습니다. 우리가 모든 일에 감사하며 산다면 우리 삶이 이토록 메마르지는 않을 것입니다. 너무 큰일에만 감사하려 하지 마십시오. 우리 주위에 있는 모든 것들에 만족을 느끼며 감사할 수 있습니다.

쌀 한 톨을 만들려면 일곱 근의 땀을 흘려야 한다는 뜻의 일미칠근一米七斤이라는 말이 있습니다. 우리가 무심코 흘리고 또 전혀 아까워하지 않는 쌀 한 톨을 보면서도, 우리는 그 쌀을 위해 땀 흘린 수많은 손길들을 기억하며 감사할 줄 알아야 합니다.

행복은 감사 속에 있고 감사는 만족 속에 있으며 만족의 나무에는 감사의 꽃이 피고 감사의 꽃에서 행복의 열매가 열립니다.

　이제 기말고사가 얼마 남지 않았습니다. 시험을 본다는 것은 늘 부담되고 회피하고 싶은 일들 중의 하나입니다. 그렇지만 시험을 볼 수 있는 것만으로도 우리는 감사할 수 있습니다. 시험을 보고 싶은데 건강이나 환경이 허락하지 못해 시험을 보지 못하는 학생들도 많습니다.

　모든 일에 감사할 줄 아는 사람이야말로 진정으로 강한 사람입니다. 오늘 하루도 감사함으로 시작하십시오. 나에게 공부할 수 있는 환경과 여건이 있다는 것만으로도 감사할 줄 아는 성숙한 여러분이 되기를 간절히 바랍니다.

특별 마음관리 시간

사람의 얼굴 모습은 추한 것을 곱게 고칠 수 없고, 완력은 약한 것을 강하게 할 수 없으며, 키는 작은 것을 크게 고칠 수 없다. 이는 이미 정해진 분수가 있으므로 바꿀 수 없지만, 오직 마음만큼은 어리석은 것을 지혜롭게 만들고 어질지 못한 것을 어질게 만들 수 있는 것이니, 이는 마음의 본성이 신령스러워서 타고난 기질에 구속되지 않기 때문이다. 지혜보다 더 아름다운 것이 없고 어진 것보다 더 귀한 것이 없건만 어찌하여 굳이 어질고 지혜롭게 되려하지 않고 하늘로부터 받은 착한 본성을 해치려고 하는가? 사람들이 이러한 뜻을 굳게 지켜 물러서지 말아야 도를 이룰 수 있을 것이다.

이이李珥

우리 공부방에 고3 여학생이 한 명 있습니다. 부모님이 이혼하시고 막노동하시는 아버지와 함께 살고 있습니다. 집이 너무 가난하고 어렵습니다. 아주 예쁜 것도 아니고, 아주 공부를 잘하는 것도 아닙니다. 그런데 그 학생하고 함께 공부하고 대화를 하면 마음이 따뜻해지고 무언가 용기가 생깁니다.

얼마 전에 그 학생이 이혼하신 어머니가 하시는 분식집에 다녀왔습니다. 어머니가 해 주신 떡볶이를 먹었는데 너무 맛

있었다고 자랑을 하는데 너무 마음이 안쓰러웠습니다. 하지만 너무나 해맑게 노력하는 그 친구를 보면 힘이 납니다. 어렵고 힘든 상황 속에서 너무도 잘 자란 그 친구를 보면서 마음관리 만큼 소중한 것이 없음을 다시금 느낍니다.

아름답게 마음을 지키고 관리한 자만이 가질 수 있는 특유의 여유가 있습니다. 경제적으로 여유롭다고 해서 생기는 여유와는 질적으로 다른, 함께하는 사람들의 마음을 부드럽고 따뜻하게 만드는 그런 여유입니다.

저는 지병으로 몸이 늘 아프기 때문에 순간순간 좌절할 때가 많습니다. 특히 꼭 하고픈 일들이 있는데 병으로 시작할 엄두조차 내지 못할 때 너무 속상합니다. 그럴 때 가끔 이 친구가 주는 메일을 보면 정말 힘이 납니다.

여러분 가운데 정말 힘들고 어려운 상황에 놓인 친구들도 있을 것입니다. '나에겐 도무지 희망이 보이지 않아. 정말 이렇게 살 바에는 죽어 버리고 싶어. 나도 잘하고 싶은데…. 정말 힘들어'라고 좌절하고 있을지도 모릅니다. 그럴 땐 잠시 공부하는 것을 멈추고 특별 마음관리 시간을 가지길 바랍니다. 그 시간을 통해 마음속에 있는 모든 것들을 다 토해 내십시오. 그렇게 실컷 울고 나면 다시 시작할 수 있게 됩니다.

장마철이라 날씨도 후덥지근하여 불쾌지수가 굉장히 높아졌습니다. 이런 때일수록 건강관리에 특별히 더 유의하시길 바랍니다.

술

술을 많이 마시는 자와 고기를 탐하는 자를 사귀지 말라. 술주정꾼과 대식가는 가난하게 되고 잠자기를 좋아하면 누더기를 걸치게 된다.

「잠언」 23 : 20~21

화를 입는 사람이 누구이며 슬픔을 당하는 사람이 누구인가? 다투는 자가 누구이며 불평하는 자가 누구인가? 이유 없이 상처를 입는 사람이 누구이며 눈이 충혈된 사람이 누구인가? 바로 이들은 술집에 틀어박혀서 계속 술타령만 하는 자들이다. 포도주가 아무리 붉고 잔에서 번쩍이며 잘 넘어갈 것처럼 보여도 너는 그것을 쳐다보지 말아라. 결국 그 술이 뱀같이 너를 물 것이며 독사처럼 너를 쏠 것이다. 네 눈에는 이상한 것이 보이고 정신이 혼미하여 괴상한 소리를 지껄일 것이니 너는 돛단배에 몸을 싣고 바다 한가운데서 이리저리 밀려다니는 사람 같을 것이다. 그리고 너는 "나를 때려도 아프지 않고 나를 쳐도 감각이 없다. 내가 깨면 다시 술을 찾겠다" 하고 말할 것이다.

「잠언」 23 : 29~35

르무엘아, 왕은 포도주를 마셔도 안 되고 통치자는 독주를 찾아서도 안 된다. 왕이 술을 마시게 되면 법을 잊어버리고 고난당하는 사람들의 인권을 짓밟기 쉽다. 독주는 다 죽게 된 사람에게, 포도주는 고민하는 사람에게 주어라. 그러면 그들은 그것을 마시고 그들의 가난과 고통을 잊게 될 것이다.

「잠언」 31 : 4~7

많은 청소년들이 공부에 대한 중압감을 이기기 위해 혹은 다른 여러 이유로 술을 마십니다. 밤늦게 강남역이나 대학로 주변에 가 보면 청소년들이 술에 취해 무척 괴로워하는 모습을 종종 볼 수 있습니다. 처음에는 멀쩡한 정신으로 술을 먹다가 어느 순간 술이 술을 먹게 돼 버립니다. 술로 인해 수많은 청소년들이 순간의 고통을 잊을 수는 있지만 더 심각한 문제를 일으킬 수 있습니다.

모든 일에는 때가 있습니다. 조금만 더 길게 보시고 때를 분별하여 기다리는 지혜로운 청소년이 되기를 바랍니다. 술은 여러분을 찾아오는 은밀한 대적 중의 하나임을 잊지 마십시오.

시간의 수레바퀴

시골에 사는 한 할머니가 생전 처음 기차를 타게 되었습니다. 할머니는 그곳에서 80km 정도 떨어진 지역에 가는데, 거기 도착할 때까지의 주변 풍경은 아주 아름답고 볼 만한 것이 많았습니다. 그래서 할머니는 아주 기뻐하며 여행을 기대하고 있었습니다. 이제 할머니는 많은 것들을 보게 될 것이고 그처럼 좋은 것들을 모두 즐기게 될 것이기 때문입니다.

그러나 기차에 올라탄 할머니는, 가지고 간 바구니와 짐 꾸러미들을 이리저리 옮겨 놓고, 편안히 앉아 갈 수 있도록 좌석을 정돈하고, 창문 블라인드를 바로잡느라 너무 많은 시간을 흘려보냈습니다. 이제 겨우 여행을 즐기려고 자리에 앉았는데, 차장이 할머니가 내려야 할 정거장 이름을 부르는 것이 아닙니까. 할머니는 벌떡 일어나서 사람들을 비집고 나와 기차에서 내려야만 했습니다. 그러면서 말했습니다.

"원 세상에, 이렇게 빨리 도착하는 줄 알았으면 그렇게 부산을 떨며 시간을 낭비하지 않았을 텐데."

시간의 수레바퀴는 날아가고 있습니다. 종착역을 향해 무섭게 돌진하고 있습니다. 그런데 우리는 너무 사소한 일들에 매달려 있습니다. 인생의 가장 중요한 일에 당신 마음을 고정시키도록 하십시오. 운전기사가 종착역을 알릴 때 후회 없이 살았다는 생각이 들게끔 그렇게 인생을 사십시오.

'시시한 일로 부산을 떠느라' 시간을 낭비하지 마십시오. 오늘 하루 나에게 주어진 시간을 순간순간 알차게 쓰는 일에만 집중하십시오. 그것이 바로 주어진 삶을 후회 없이 사는 지혜로운 길입니다.

기말고사가 점점 다가옵니다. 희망을 가지고 마지막까지 기말고사 준비 잘 하시기를 부탁드립니다. 힘든 만큼 좋은 결실이 있을 것입니다.

당신의 영웅은 누구입니까

18세의 건장한 청년 리코 리로이 마샬은 메릴랜드 주의 글래나덴에 있는 포레스트빌 고등학교의 유능한 농구 선수였습니다. 리코는 남 캐롤라이나 주립 대학에 체육 특기생으로 들어갈 예정으로 장래가 유망했습니다. 또한 그는 교내 장기 자랑에서 1등을 하기도 하는 등 인기를 한 몸에 받는 친구이기도 했습니다. 그러던 어느 날, 옆 좌석에 상당한 양의 코카인이 든 가방을 가지고 차로 집에 돌아가던 리코는, 순찰대의 불심 검문을 받게 되었습니다.

그는 경찰들이 자신의 차로 다가오자 너무 겁을 먹은 나머지, 그만 가방 안의 코카인을 모두 삼켜 버렸습니다. 그날 밤 리코는 심한 경련을 일으켰고 병원으로 옮겨졌으나 다음 날 아침 약물 과다 복용으로 사망하고 말았습니다.

한편, 리코의 침실에는 농구 스타 렌 바이어스의 커다란 포스터가 붙어 있었습니다. 메릴랜드 주립 대학의 농구 스타였던 그는 NBA에서 1급 대우를 약속받았으며, 보스턴 셀틱스 농구 팀에 드래프트 되었습니다. 하지만 그 드래프트가 있던 날 밤, 렌은 코카인 과다 복용으로 죽고 말았습니다.

어떻습니까? 혹시 놀라지는 않으셨습니까? 이 이야기에서 리코와 리코의 영웅 렌의 유사점을 쉽게 찾을 수 있을 것입니다.

아침마다 리코가 눈을 떴을 때, 맨 처음 대했던 인물은 그의 영웅 렌이었습니다. 잠자기 직전에 대했던 인물도 역시 렌이었습니다. 렌은 리코의 영웅이자 꿈이었고, 인생의 최종 목표였던 것입니다.

자, 그럼 여러분의 영웅은 누구입니까? 여러분 방에는 지금 누구의 사진이 걸려 있습니까? 아침에 처음으로 만나는 사람은 누구입니까? 여러분은 누굴 닮고 싶습니까?

신중해야 합니다. 우리 주위의 영웅들은 중요한 존재들입니다. 하지만 더 중요한 것은, 여러분이 자신의 영웅으로 누구를 선택하느냐 입니다.

인격과 실력이 뛰어난 진정한 리더를 여러분의 영웅으로 꿈꾸기를 바랍니다.

다툼

다툼을 피하는 것이 사람의 지혜이건만 미련한 자는 다툼을 일으
킨다.

「잠언」 20 : 3

청소년 시절 학교에서 한 번도 싸워보지 않았다는 사람은
거의 없습니다. 크고 작은 이유로 우리는 친구들과 싸움을 합
니다. 싸움을 하면서 더욱더 친해지는 경우도 많습니다. 하지
만 사소한 다툼으로 시작한 싸움이 친구 관계 자체를 파괴하
고 심지어 친구의 목숨까지 빼앗는 경우도 있습니다. 별 생각
없이 던진 한마디 말에 상처를 입어 수업 중에 반 친구를 흉기
로 살해한 얘기를 우리는 잘 알고 있습니다.

청소년기에는 감정의 기복이 심한 편입니다. 따라서 사소한
일에도 무척 흥분하여 일을 크게 만들 수 있습니다. 제일 좋은
것은 아예 다툼의 소지를 만들지 않는 것입니다. 그럴 수 없다
면 다툼이 시작되려고 할 때 그 다툼에서 빠지는 것이 지혜로
운 방법입니다. 내가 다른 사람에게 좀더 욕을 먹고 약간 더
우스워져, 모든 것이 해결된다면 참는 것이 현명한 선택입니

다. 결코 비굴한 것이 아닙니다. 다툼을 하는 것보다 지혜롭게 피하는 것이 오히려 더욱더 용기 있는 행동이기 때문입니다.

장마철입니다. 날씨도 후덥지근하고 불쾌지수가 매우 높은 시기입니다. 이럴 때 사소한 일로 다툼이 많이 일어날 수 있습니다. 마음속으로 결심하십시오. 지혜롭게 사소한 다툼에서 벗어나겠다고.

아무리 바쁘고 시간이 없어도 마음관리하는 시간은 반드시 가지십시오. 그 시간을 통해 병든 내면의 세계를 치유하고 내면을 건강하게 가꾸십시오. 그것만이 바쁘고 분주한 21세기 대한민국에서 분주함과 바쁨에 흔들리지 않고 자신의 꿈을 향해 나아갈 수 있는 방법입니다.

2부

33가지 상황별
마음관리법 (12-22)

12 논술과 심층 면접에서 고득점을 받고 싶다면

책을 읽을 때 학문에 보탬이 될 만한 내용이 있으면 발췌하고, 그렇지 않은 내용에는 눈을 주지 말아야 한다. 이렇게 한다면 비록 백 권의 책이라 할지라도 열흘의 공부에 지나지 않을 것이다.

군자는 새해를 맞이하면 반드시 그 마음과 행동을 한 번 새롭게 하여야 한다. 나는 젊은 시절 새해를 맞이할 적마다 반드시 그해에 공부할 것들을 미리 정하였다. 이를테면 무슨 책을 읽고 무슨 글을 발췌하겠다는 계획을 미리 정한 다음에 실행했던 것이다. 간혹 몇 달 뒤에 일이 생겨 계획대로 하지 못하는 경우도 있었지만, 선善을 즐기고 전진하려는 뜻만큼은 막을 수 없었다.

정약용丁若鏞

새로운 대학 입시 제도 개편으로 많은 학생들이 당혹스러워 합니다. 새 제도의 두드러진 특징은 대학 입학 당락을 결정하는 중요한 요소로 등장한 대학별 논술과 심층 면접입니다. 이 두 가지 시험을 제대로 준비하지 않으면 원하는 대학과 학과에 진학하기가 매우 어렵게 되었습니다.

이 두 가지 시험의 공통점은 단기간 준비해서는 시험을 잘 볼 수 없다는 것입니다. 가장 좋은 방법은 다름 아닌 많이 보고, 정확하게 보고, 많이 쓰는 것입니다. 독서를 통해 이 두 가지 시험을 모두 준비할 수 있습니다.

『다니엘 3년 150주 주단위 내신관리 학습법』에 나온 대로 매일 꾸준히 한 시간씩 책을 읽은 청소년들은 변화한 입시에서 반드시 좋은 성적을 거두게 될 것입니다. 독서를 하는 방법에 대해서는 위에서 정약용 선생님이 아주 상세하게 말씀해 주셨습니다. 위의 글을 참조하여 일 년 독서 계획표를 만들어 보세요. 우선 일 년에 내가 꼭 읽어야 할 책 목록을 정하세요. 그리고 달별로 나누어 그 달에 꼭 보아야 할 책 목록을 정하세요. 그리고 가능하다면 주 단위 독서 목록도 만들어 보세요. 책 읽는 것이 습관이 되지 않은 친구들에게 이런 이야기는 다소 멀게 들릴 수 있습니다. 그러나 독서는 대학 입학 시험을 떠나 인생 전체를 좌우할 만큼 중요한 일이기에 더 이상 머뭇거리거나 주저해서는 안 됩니다.

본인 스스로 독서에 취미가 없다고 생각하는 친구들은 자신이 관심 있고 좋아하는 분야의 책들부터 보되 얇은 책부터 시작하세요. 단, 책을 볼 때 한 가지 유의할 것은 책을 다 본 후 그 내용을 A4 한 장에서 반 장 분량으로 반드시 요약해야 한다는 것입니다. 그리고 A4 반 장 분량으로 느낀 점을 써 보는 것입니다. 이것은 독서를 할 때 반드시 해야 하는 작업입니다. 단순히 책을 읽는 것만으로는 부족하기 때문입니다. 자신이 요약하고 느낀 점을 적어 볼 때 비로소 그 책 내용이 머릿속에 조금씩 정리되기 시작합니다.

사랑하는 귀한 후배들, 독서를 통한 간접 경험은 무척 귀한 경험입니다. 인생의 수많은 시행착오를 조금씩 줄이고 꿈을 향해 바른 방향 관리를 할 수 있는 귀중한 도구가 바로 독서입니다. 그동안 독서에 대해 진지하게 생각하지 못하고 꾸준히 계획하지 못한 친구들은 오늘부터 새롭게 뜻을 정해 독서 계획을 세워 보시기 바랍니다. 독서 습관이라는 작지만 좋은 습관이 귀한 후배들의 미래를 바꾸어 놓게 될 것입니다. 더 이상 지체하지 마시고 오늘부터 새롭게 시작하세요!

13 우울할 때

한 시인이 의사를 찾아가 통증을 호소했습니다.

"온 몸에 발진이 일어나고 관절 마디마디가 아파요. 머리도 지끈지끈하고 밤에는 잠도 잘 못 자요. 계속 우울하기만 해요."

의사는 잠시 생각한 후 이렇게 물었습니다.

"마지막으로 시를 낭송한 게 언제죠?"

"몇 달 됐는데요." 시인이 대답했습니다.

"최근에 시를 낭송한 적이 있나요?"

"아니요."

"그럼 당신이 좋아하는 새로운 시를 나에게 들려주세요." 의사가 청했습니다.

"좋아요." 시인은 일어서서 멋진 낭독을 펼쳤습니다.

"훌륭해요!" 의사가 칭찬해 주었습니다.

"다른 시도 들을 수 있을까요?"

시인은 다른 시를 낭송했습니다.

"계속해요." 의사는 격려했습니다.

시인이 몇 편의 시를 더 낭독 한 뒤 의사가 물었습니다.

"이제 몸이 좀 어때요?"

시인은 몸이 훨씬 나아졌음을 깨닫고 놀라서 말했습니다.

"정말 좋아졌어요!"

"그럼 집에 가서 낭송을 계속하세요."

의사는 이렇게 처방을 내렸습니다.

"영혼의 빗장을 닫아걸면 육체의 문도 닫힙니다. 자신의 영혼을 계속해서 표출하다 보면 몸도 나아질 겁니다."

사랑하는 귀한 후배님들, 건강은 자기 자신을 있는 그대로 표출합니다. 마음이 병들면 몸도 조금씩 병들기 시작합니다. 많은 청소년들이 우울해합니다. 별로 기쁜 일도 없고 답답하고 지루할 때가 많습니다. 우울함을 느낄 때 그냥 그대로 내버려 두면 우울함이 여러분의 내면세계 전부를 지배하게 됩니다. 우울증은 굉장한 파괴력을 지닌 불치병이기 때문입니다.

우울함을 느끼기 시작할 때 여러분만이 가지고 있는 재능과 강점에 집중해 보세요. 내가 좋아하는 것, 내가 잘하는 것, 내가 잘할 수 있는 것, 나만이 가진 강점과 재능들을 계속 떠올려 보십시오. 나의 장점을 살려 앞으로 이것을 하고 나의 인생에서 이렇게 활용해야지, 하면서 신이 내려 준 자신만의 재능과 강점들을 한 시간 내내 생각해 보십시오. 그러다 보면 자신도 모르는 사이에 우울함이 달아날 것입니다.

우울함은 쉽게 사라지지 않습니다. 우울함보다 더 강력한 힘을 가진 긍정적인 생각을 내면의 정원에 더 많이 뿌리고 가꾸십시오. 그것이 우울함을 극복하는 최선의 방법입니다.

14 마음의 힘을 길러야 하는 이유

중국어가 뜻 글자라는 것은 잘 아시죠? 바쁘다 망忙이라는 한자가 있습니다. 마음 심心과 죽다 망亡 두 글자가 어우러져서 만들어진 한자입니다. 글자 뜻을 가지고 풀이해 보면 마음이 죽은 상태가 바로 바쁜 상태라는 것입니다.

21세기 대한민국은 너무나 바쁩니다. 전 세계에서도 한국 사람의 급한 성격은 유명합니다. 바쁘다는 것은 우리 내면을 정신없고 혼란스럽게 만드는 일입니다. 바쁘다는 핑계로 우리는 우리 인생에서 꼭 해야 할 일에도 관심을 갖지 않게 되었습니다. 마음이 병들어 가는 것을 느끼면서도 바쁘다는 핑계로 내면의 정원을 돌보지 않습니다. 마음이 죽으면 몸도 죽게 됩니다.

마음이 병든 상태인데도 마치 잘 사는 것처럼 착각하며 사는 현대인들이 많습니다. 마음이 병들어 돈과 권력과 섹스의 노예로 살면서도 자신이 성공한 사람인 것처럼 착각할 때도 많습니다. 진정한 행복은 돈과 권력과 육체적 쾌락이 보장해주지 않습니다.

그러나 현대인들은 병든 마음의 공허함을 돈과 권력과 육체적 쾌락으로 채우기 위해 일평생 바쁘게 살아갑니다. 이런 생활은 현대인들을 더욱 바쁘게 만들고, 몸과 마음을 더욱더 병들게 합니다. 악순환이 반복되는 것입니다.

대학 입시를 위해, 소위 말하는 명문 대학에 진학하기 위해 우리 청소년들은 너무나 바쁘게 살아가고 있습니다. 학교 수업이 끝나면 학원에 가고 집에 오면 잠자고 아침 일찍 또 학교 가고…. 쉴 틈도 없고 조용히 자신을 돌아볼 마음관리 시간조차 가지기 힘듭니다. 그 결과 매년 많은 청소년들이 마음이 병들어 자살이라는 끔찍한 선택을 합니다. 이것이 바쁘디 바쁜 대한민국 청소년들의 현실입니다.

마음관리 없이 분주하고 바쁜 일상은 사람을 죽입니다. 마음의 정원을 가꾸며 부지런히 자신의 꿈을 향해 노력해야만 인생에서 성공할 수 있습니다.

이 점을 꼭 기억하십시오. 아무리 바쁘고 시간이 없어도 마음관리하는 시간은 반드시 가지십시오. 그 시간을 통해 병든 내면의 세계를 치유하고 내면을 건강하게 가꾸십시오. 그것만이 바쁘고 분주한 21세기 대한민국에서 분주함과 바쁨에 흔들리지 않고 자신의 꿈을 향해 나아갈 수 있는 방법입니다.

15 격려가 필요할 때

미국의 제32대 대통령 루스벨트F.B.Roosevelt는 39세의 나이에 갑작스럽게 소아마비에 걸렸습니다. 그는 다리를 쇠붙이에 고정시킨 채 휠체어를 타고 다녀야 했습니다. 정치가로 한창 왕성한 활동을 하던 그에게는 너무나 큰 시련이었습니다. 깊은 절망감에 빠진 그는 자신의 방에서만 지냈습니다. 그의 아내 엘러너는 한동안 이런 그를 아무 말없이 그저 지켜보기만 했습니다.

그러던 어느 날이었습니다. 그날은 며칠 동안 내리던 비가 그치고 하늘이 맑게 개어 있었습니다. 루스벨트는 엘러너의 권유로 휠체어를 타고 정원으로 산책을 나갔습니다. 하늘은 더없이 맑았고 정원에는 꽃 향기가 가득했습니다. 그는 오랜만에 마음이 즐거웠습니다. 그때 엘러너가 다정하게 말했습니다.

"비가 오거나 흐린 날 뒤에는 꼭 이렇게 맑은 날이 오지요. 당신도 마찬가지예요. 뜻하지 않은 사고로 다리가 불편해졌지만 그렇다고 당신 자신이 달라진 건 아무것도 없어요. 지금의 이 시련은 맡은 일을 더 겸손하게 열심히 하라는 하나님의 뜻일 거예요. 여보, 우리 조금만 더 힘을 내요."

"하지만 나는 불구자인데. 그래서 당신을 더 많이 힘들게 할 텐데. 그래도 날 사랑한단 말이오?"

루스벨트가 우울한 목소리로 묻자 엘러너는 그의 손을 꼭 잡으며 대답했습니다.

"무슨 그런 섭섭한 말을 하세요? 그럼 내가 그동안 당신의 다리만 사랑했단 말인가요?"

이 말은 열등 의식과 패배감에 사로잡혀 있던 루스벨트에게 새로운 용기를 주었습니다. 그 뒤 루스벨트는 불구를 극복하고 예전보다 더 왕성한 활동으로 미국 대통령에 연이어 네 번이나 당선되었습니다.

이 책을 읽는 후배들 중에는 어쩌면 루스벨트와 같은, 아니 그보다 더한 일을 겪는 친구들도 있을 것입니다. 여러 가지 이유로 하루하루 사는 것이 지옥 같은 학생들도 있을 것입니다.

그런 친구들에게 부족한 선배지만 꼭 해 주고 싶은 말이 있습니다.

"힘내세요. 절대로 포기하지 마세요. 아직 포기할 때가 아닙니다. 조금만 더 힘내세요. 역전의 기회는 반드시 옵니다. 때가 되면 상황은 분명히 달라집니다. 기다리세요. 지금은 삶을 포기할 때가 아닙니다."

도저히 견디기 힘들어 자살까지 생각하는 분이 계시다면 제게 꼭 연락주세요. 홈페이지 주소는 www.ilovehope.net입니다. 병들고 부족한 선배지만 작은 힘이나마 돕고 싶습니다. 절대로 삶을 포기해선 안 됩니다.

16 실패를 경험했을 때

1952년에 에드먼드 힐러리Edmund Hillary는 세계 최고봉인 8,700미터 높이의 에베레스트 정복에 도전했습니다. 도전에 실패하고 나서 얼마 뒤 그는 영국의 어떤 모임에서 강연 요청을 받았습니다. 연단 앞으로 걸어 나온 힐러리는 벽에 걸린 에베레스트 사진을 보며 큰 소리로 외쳤습니다.

"에베레스트여, 처음엔 네가 날 이겼다. 하지만 다음번에는 내가 널 이기겠다. 왜냐하면 넌 이미 성장을 멈췄지만 난 계속 성장하고 있기 때문이다!"

불과 한 해 뒤 5월 29일에 에드먼드 힐러리는 에베레스트 최초 등반자로 역사에 기록되었습니다.

지금은 세상을 떠났지만, 전 세계인에게 많은 사랑을 받았던 영화 〈슈퍼맨Superman〉의 주연 배우 크리스토퍼 리브Christopher Reeve는 낙마 사고로 전신마비 장애자가 되었을 때도 절망하지 않고 1년 뒤 영화 감독으로 데뷔했습니다. 휠체어에 온몸과 머리를 묶은 채 기관지 튜브를 통해 호흡을 하면서 그는 뉴욕 웨체스터 카운티 촬영장에서 배우들에게 지시를 내렸습니다. 직접 몸으로 시범을 보일 수 없어 일일이 말로 설명해야 할 때 좌절감을 느끼기도 했지만, 그는 스스로를 이렇게 평가했습니다.

"몸짓을 하지 못하니까 오히려 생각이 집중된다. 무슨 말을 해야 할지 분명히 알기 때문에 예전보다 말이 훨씬 더 효과적으로 나오게 되었다."

알베르트 아인슈타인은 5세 때까지 말을 하지 못했으며, 여덟 살이 될 때까지 글을 읽지 못했습니다. 그의 담임 교사는 그를 "정신 발달이 늦고 남들과 잘 어울리지 못하며, 어리석은 몽상 속에서 헤매 다닌다"고 평가했습니다. 결국 그는 퇴학을 당했으며, 취리히 고학 기술 전문 학교 입학도 거부당하고 말았습니다.

월트 디즈니Walt Disney는 아이디어가 부족하다는 이유로 신문사 편집장에게 해고를 당했습니다. 또한 월트 디즈니는 디즈니랜드를 세우기 전에 여러 차례 파산을 하기도 했습니다.

『전쟁과 평화』의 작가 톨스토이Tolstoi, Lev Nikolaevich는 대학 시절 성적 불량으로 퇴학을 했습니다. 그는 교수들로부터 "배울 만한 실력도 없을 뿐만 아니라 배우려는 의지조차 없다"는 평가를 받았습니다.

자동차 왕 헨리 포드Henry Ford는 다섯 번이나 실패하고 파산한 끝에 마침내 성공을 이룰 수 있었습니다.

윈스턴 처칠Winston Churchill은 6학년 때 낙제를 했습니다. 그는 평생에 걸쳐 좌절과 패배를 경험한 끝에 62세가 되어서야 비로소 영국 수상에 선출될 수 있었습니다. 그는 다른 사람들이 직장을 그만두는 나이에 세상에 가장 중요한 공헌들을 하기 시작했습니다.

잭 켄필드

우리는 인생에서 성공보다는 실패를 더 많이 합니다. 인생에서 실패는 성공을 위한 디딤돌과 같습니다. 실패하면 할수록 그만큼 성공에 더 가까이 갈 수 있는 디딤돌이 만들어지는 것입니다.

많은 청소년들이 몇 번의 실패로 자신을 마치 인생의 낙오자처럼 생각하는 경우가 종종 있습니다. 사회와 주변 환경이 여러분을 그렇게 판단하더라도 중요한 것은 여러분 스스로가 그렇게 생각하지 않는 것입니다. 수많은 좌절 속에서 다시 시작하여 자신의 꿈을 이룬 사람들이 너무나 많습니다. 아직 늦지 않았습니다. 부디 다시 뜻을 정해 새롭게 출발하시길 바랍니다.

17 지나친 욕심이 생길 때

한 소년이 테이블에 놓인 호두 항아리를 발견했습니다.

"호두 좀 먹어야지. 엄마도 내가 호두 먹는 것을 허락하실 거야. 딱 한 줌만 꺼내야지."

소년은 항아리에 손을 집어넣고 한 줌 가득 호두를 쥐었습니다. 그런데 항아리의 목이 너무 좁아 손이 빠지지 않는 것이었습니다. 주먹 쥔 손을 펴면 되지만, 소년은 호두를 놓치고 싶지 않았습니다. 소년은 혼자 별별 궁리를 다해 봤지만 호두를 가득 쥔 손은 빠지지 않았습니다. 소년은 결국 울음보를 터뜨렸습니다. 소년의 울음소리를 듣고 달려온 엄마가 물었습니다.

"왜 그러니?"

"호두를 쥔 손이 빠지지 않아요."

"그건 네가 욕심을 부려서 그렇단다. 두세 개만 쥐면 아주 쉽게 손을 뺄 수 있지 않니?"

소년은 엄마 말대로 두세 개만 쥐고 손을 빼냈습니다. 정말 쉽게 손이 빠졌습니다.

"진작에 욕심을 부리지 않는 건데. 이런 식으로 얼마든지 호두를 꺼내 먹을 수 있는데 말야."

이솝

욕심 자체가 나쁜 것이 아닙니다. 어떤 욕심이든 지나치게 한꺼번에 욕심을 내면 문제가 생기게 됩니다. 예를 들어 아무리 공부 욕심이 생겨도 하루아침에 공부를 완벽하게 끝낼 수는 없습니다. 오히려 지나친 욕심으로 무리하다, 공부하는 것에 질려 버릴 수가 있습니다. 아무리 뜻을 세우고 목표를 설정해도 실력은 하루아침에 좋아지지 않습니다.

단호한 의지가 있다면 그것을 끝까지 지탱할 수 있는 인내심이 필요합니다. 목표와 뜻이 세워진 다음 공부하고자 하는 마음을 지속적으로 유지하는 것이 더욱 중요합니다. 매일 조금씩 꾸준히 하다 보면 반드시 실력은 향상됩니다. 조급함과 지나친 욕심만 버릴 수 있다면 실력은 노력하는 자에게 반드시 따라온답니다.

18 누군가를 비난하고 싶을 때

비방은 세 사람을 해롭게 합니다. 비방당하는 사람, 비방을 전하는 사람, 그리고 비방하는 사람이 그 셋입니다. 그 중에서 가장 심한 상처를 입는 사람은 비방을 하는 사람입니다.

세상에서 가장 어리석은 사람을 말하라면 다른 사람을 비방하는 사람들이라 말할 것입니다. 왜냐하면 인간에게는 누군가를 비판하고 판단할 자격이 없기 때문입니다.

인간은 완벽한 존재가 아닙니다. 연약하고 허물 많은 존재입니다. 그러기에 비방과 비난보다는 사랑과 격려가 필요합니다. 비방과 비난과 비판은 사람을 죽이는 일입니다. 비판받는 사람보다 비판하는 사람의 영혼이 먼저 병들고 죽게 됩니다.

무엇을 위한 비판인가요? 가만히 생각해 보세요. 결국 자신을 파멸로 이끈답니다. 정말 누군가를 비판하고 싶다면 먼저 자신을 돌아보세요. 자신을 돌아보아 자신을 먼저 바로잡고 다른 사람에게 본을 보이는 것입니다. 그것이 허물 많은 인간을 살리고 내가 사는 길입니다.

진정 누군가에게 비난받고 싶지 않다면 먼저 남을 비난하지 마세요. 그리고 먼저 허물을 덮어 주고 사랑해 주세요. 그러면 여러분의 허물도 덮이고 사랑받게 될 것입니다.

19 공부가 안 되고 짜증날 때

위대한 발명가 토마스 에디슨Thomas Alva Edison은 어려운 실험을 하다가 난관에 부딪힐 때면 그 해답을 찾기 위해 독특한 방법을 사용했다고 합니다. 바로 손에 돌멩이 하나를 쥐고 소파에 누워 낮잠을 자는 것이었습니다. 선잠이 들면 빛나는 아이디어의 원천이자 무한한 지성으로 이어지는 길목이라 할 수 있는 잠재의식 속으로 빠져들게 됩니다. 그리고 몸의 긴장이 풀리면서 자연스럽게 손의 힘도 풀리고 손 안에 쥐고 있던 돌멩이가 큰 소리를 내며 마루 위로 떨어져 잠에서 깨어나는 것이었습니다.

그러면 에디슨은 수면 상태에서 발견해 낸, 아직도 머릿속에 생생하게 남아 있는 아이디어를 재빨리 적어 나갔습니다. 그것이 바로 에디슨의 비법이었던 것입니다.

저는 공부가 잘 안 되고 머리가 답답할 땐 일단 책을 덮습니다. 그리고 밖으로 나갑니다. 음악을 들으면서 무작정 걷습니다. 한참 걷고 와서 샤워를 한 후 다시 공부를 합니다. 혹은 책을 덮은 다음 줄넘기를 15분 정도 합니다. 그리고 샤워를 합니다. 그런 후 다시 공부합니다.

도저히 공부가 잘될 조짐이 안 보이면 저만의 최후의 수단을 사용합니다. 바로 방 청소입니다. 우선 비로 구석구석 잘 씁니다. 그리고 걸레로 구석구석 닦습니다. 몸에서 땀이 납니다. 그래도 열심히 청소에 집중합니다. 그리고 샤워를 하고 다시 책상에 앉습니다. 공부를 시작합니다. 에디슨이 사용한 수면법 역시 아주 좋은 방법입니다.

한 가지 주의할 것은 돌멩이가 떨어진 다음에 바로 일어나야 하는데 그냥 계속 자면 안 된다는 것이지요.

위의 네 가지 방법은 아주 효과가 좋답니다. 꼭 해 보세요. 공부가 힘들고 어려운 일이지만 적절히 휴식을 취하면 다시금 도전할 수 있는 새 힘이 생깁니다. 꿈을 향해 꾸준히 매일 가는 것이 가장 중요합니다.

20 진정한 성공을 하고 싶다면

무엇이 성공인가?

자주 그리고 많이 웃는 것,
현명한 이에게 존경을 받고 아이들에게서 사랑을 받는 것,

정직한 비평가의 찬사를 듣고 친구의 배반을 참아 내는 것.

아름다움을 식별할 줄 알며
다른 사람에게서 최선의 것을 발견하는 것.

건강한 아이를 낳든 한 뼘의 정원을 가꾸든
사회 환경을 개선하든 자기가 태어나기 전보다
세상을 조금이라도 살기 좋은 곳으로 만들어 놓고 떠
나는 것.

자신이 한때 이곳에 살았음으로 해서 단 한 사람의 인생
이라도 행복해지는 것, 이것이 진정한 성공이다.

랄프 왈도 에머슨

　서울 대학교 수석 합격과 수석 졸업이 인생의 진정한 성공일
까요? 진정한 성공은 어디에 있을까요? 많은 학생들은 생각합
니다. '내가 명문 대학에 입학할 수만 있다면, 내가 공부만 잘
할 수 있다면 정말 행복해질 텐데….' 과연 그럴 수 있을까요?
　대학에 들어와서 알게 된 것은 원하는 대학, 원하는 학과에
간다고 해서 성공을 보장하는 것이 아니라는 것입니다. 처음
한 달 정도는 무척 행복해합니다. 아주 기쁘고 즐겁습니다. 하
지만 대학 생활이 시작하고 나면 곧 알게 됩니다. 엄청난 리포

트와 숙제 그리고 취업 준비 등 산더미같이 많은 일들이 곧 나의 행복을 빼앗아 버리는 것을 말합니다.

무언가를 성취한다고 해서 행복이 영원히 지속되는 것이 아닌 것을 곧 알게 될 것입니다. 그러므로 여러분이 진정으로 행복하고 성공하기 위해서는 스스로 만족하는 법을 배워야 합니다. 그것이 없이는 진정한 행복과 성공을 얻을 수 없습니다. 스스로 만족하는 마음이 있으면 우리는 어떤 상황 속에서도 행복과 늘 함께 할 수 있답니다. 스스로 만족하는 마음은 패배자가 자신의 패배를 대리 만족하기 위해 만든 마음이 아닙니다. 진정한 리더만이 스스로 만족하는 마음을 얻게 됩니다.

사랑하는 귀한 후배들, 현실이 여러분을 슬프게 하고 좌절케 하더라도 너무 괴로워하지 마십시오. 환경은 극복할 수 있습니다. 조금만 더 인내하며 스스로 만족하는 방법을 깨닫기를 소원합니다.

21 인생에서 성공하려면

화가 루벤스P.P.Rubens가 대작품을 완성시키고 기분 전환을 위해 잠시 산책을 나갔습니다. 루벤스가 집을 비우자 제자들은 스승의 대작을 보려고 앞 다투어 화실로 뛰어 들어갔습니다. 그런데 누구랄 것도 없이 서로 먼저 들어가려고 밀치다가 그만 스승의 작품을 쓰러뜨리고 말았습니다. 아직 채 마르지도 않은 루벤스의 그림은 엉망이 되고 말았습니다. 스승이 많은 시간과 노력을 이 작품에 쏟았던 것을 너무나 잘 알고 있는 제자들은 당황하여 어찌할 줄 몰랐습니다. 그때 제자 중의 한 명이 붓을 들고 손상된 부분을 고치기 시작했습니다.

이윽고 산책을 끝낸 루벤스가 돌아왔습니다. 그러고는 자신의 작품을 이리저리 수정하는 제자의 모습을 등 뒤에서 한참 동안 바라보았습니다. 다른 제자들은 바짝 긴장하고 있었습니다. 긴 침묵 끝에 루벤스는 말문을 열었습니다. "먼저보다 더 좋아졌군." 그 큰 스승 루벤스의 작품에 손을 댄 제자는 훗날 폴란드에서 화가로 이름을 크게 떨친 반 다이크였습니다.

참된 위인에게 오는 최초의 시험은 겸손에 관한 것이라고 했던가요. 제자 앞에서도 겸손했던 루벤스는 분명 큰 사람입니다. 큰 스승 밑에 또 다른 큰 인물이 배출되는 것은 당연한 이치인가 봅니다.

김인경

여러분은 지금 어떤 스승과 교제하고 있나요? 많은 청소년들이 의외로 선생님에 대한 상처가 참 많습니다. 물론 저도 마찬가지였습니다. 믿고 기대했는데 막상 일을 당하고 어려움을 당하면 '나 몰라라' 하는 분들도 계십니다. 하지만 선생님 역시 인간이기에 완벽할 수 없습니다. 또한 우리 모두는 연약한 인간이기에 서로 상처받고 상처를 줄 수밖에 없습니다. 인간의 연약함에 대해 이해해야 할 부분은 이해하고 받아들여야 하는 것입니다.

그렇지만 저는 여러분에게 꼭 하고 싶은 이야기가 있습니다. 좋은 스승을 만나게 해 달라고 매일 기도드리세요. 좋은 스승을 만나는 것은 너무나 중요한 일입니다. 저 역시 매일 그런 바람을 가지고 기도합니다. 윌리엄 아서 워드는 다음과 같은 말을 했습니다.

"평범한 스승은 말을 한다. 좋은 스승은 설명을 한다. 뛰어난 스승은 실제로 보여 준다. 위대한 스승은 영감을 준다."

모두가 영감을 주는 위대한 스승을 만나기를 소원합니다.

22 자신이 불행하다고 생각될 때

파랑새를 찾아 깊은 숲에도 가 보고 들판 너머도 가 보았

으나

어디에도 파랑새는 없었습니다.

낙심해 집에 돌아와 보니

파랑새는 바로 자기 집 지붕 위에 앉아 있었습니다.

행복은 늘 우리 가까이 머물러 있게 마련입니다.

내 발밑에 있을 수도 있는데 마냥 먼 곳만 쳐다보니

잡지 못할 수밖에요.

우리가 불행한 것은 자신의 행복을 모르고 있기

때문입니다.

도스토예프스키

원하는 대학, 직장, 소득을 다 가져 보십시오. 그러면 행복할까요? 안타깝게도 그렇지 않습니다. 행복은 우리가 꼭 무언가를 성취해야만 얻어지는 것이 아닙니다. 믿어지지 않겠지만 이미 우리에게 주어졌습니다. 단지 우리가 성적, 물질, 성공 만능주의가 만들어 낸 허상 속에서 바쁘게 살아가기 때문에 우리에게 이미 주어진 행복들을 깨닫지 못하고 있는 것뿐입니다.

지금까지 여러 가지 일들을 겪으면서 조금씩 깨닫기 시작한 것은 행복은 그리 멀지 않은 곳에 있다는 것입니다. 오늘 나에게 주어진 행복을 내가 행복으로 생각하고 감사함으로 그것을 만끽하는 것이 인생에서 가장 기쁜 일이라 생각합니다. 우리는 무언가를 성취하면 그것으로 만족하지 못하고 항상 또 다른 무언가를 향해 달려갑니다. 이런 삶에는 만족과 안식 그리고 평안이 없습니다. 늘 바빠하며 불안해하고 쫓겨 살 뿐입니다.

정말 행복해지고 싶으세요? 그러면 내게 주어진 것들에 대하여 감사하세요. 혹시 지금 큰 실패와 좌절을 겪고 계신가요? 그 일을 통해 더 멋진 일들이 새롭게 준비될 것입니다. 모든 일에 감사하는 마음을 가지십시오. 자신에게 주어진 행복을 오늘 하루 충분히 누리십시오. 그것이 불행을 행복으로 바꾸는 좋은 방법입니다. 모두들 오늘 하루도 자신에게 주어진 행복을 발견하고 마음껏 누리시길 바랍니다.

다니엘 리더스 스쿨에
크리스천 청소년들을 초대합니다.

안녕하세요, 귀한 독자 여러분.
『다니엘 학습법』의 저자 김동환입니다.
제가 5년간 준비한 아주 특별하고 기쁜 소식을 사랑하는 여러분께 먼저 자세히 전해 드리게 되어 하나님께 감사드립니다.

탁월한 신앙과 실력, 따뜻한 마음을 겸비한 21세기 다니엘과 같은 하나님의 준비된 일꾼을 양성하는 다니엘 리더스 스쿨이 하나님 은혜로 세워져서 신입생을 모집합니다.

그동안 다니엘 학습을 실천하고자 했으나 혼자 하기가 너무 버거워 중도에 포기한 학생들이 있었습니다. 이제 다니엘 리더스 스쿨에서는 학생들이 전원 기숙 생활을 하며 매일 새벽 저의 설교로 새벽예배를 시작해 다니엘 아침형 학습을 저에게 직접 배우고 실천합니다.

하루 3번의 예배를 통해 철저한 기독교 신앙을 무장시키며 학생 개인의 실력별, 진도별 학습자 중심의 다니엘 학습 교육이 이루어지는 곳이 바로 다니엘 리더스 스쿨입니다.

인본주의 성적 지상주의 교육체제 속에서 현재 성적만을 보고 하나님이 주시는 비전을 포기한 채 무기력하게 시간을 흘려보내는 수많은 믿음의 청소년들이 하나님 안에서 새롭게 꿈과 비전과 실력을 회복할 수 있는 다니엘 리더스 스쿨에 귀한 믿음의 후배들을 신입생으로 뽑고자 합니다.

지원 조건은 신앙을 가장 중요한 기준으로 봅니다. 두 번째는 마음 됨됨이를 중시합니다. 성적은 학생을 선발하는 기준에 들어가지 않습니다. 이기적인 크리스천 엘리트를 양성하는 곳이 아닙니다. 확고한 신앙을 바탕으로 하나님이 주신 달란트대로 실력과 인격을 겸비한 인재를 교육시켜 21세기 하나님의 마음을 시원하게 하는 하나님의 일꾼 양성이 다니엘 리더스 스쿨의 존재 목적입니다.

하나님 자녀에게는 하나님 자녀에게 맞는 신본주의 학습 원리가 있습니다.

하나님 안에서 새롭게 뜻을 정해 하나님의 방식으로 다시 공부하고 하나님이 주신 비전과 꿈을 다시 회복하려는 청소년들을 신입생으로 찾습니다.

다니엘 리더스 스쿨에 대한 자세한 내용과 문의는
홈페이지 www.dls21.net에 있습니다.
자녀를 21세기 다니엘과 같은 믿음의 인재로
교육시키고 싶으신 분들의 많은 관심 부탁드립니다.

● 다니엘 리더스 스쿨 학생들의 세 가지 약속

1. 하나님께 효도하고 부모님께 효도하자.
2. 진실된 신앙, 탁월한 실력, 따뜻한 마음을 가진 크리스천 인재가 되자.
3. 21세기 다니엘이 되어 하나님께 영광을 돌리자.